守护奇迹

小小诞生记

孟斯 著

中国书籍出版社
China Book Press

感恩母爱
致母亲和未来要做母亲的你

致小小

东方欲晓,莫道孙来早。
历经磨难终降生,慈母命悬厘毫。
顽石终变恩泽,仍需崎岖坎坷。
但愿茁壮成长,志做九洲栋梁。

小小爷爷奶奶

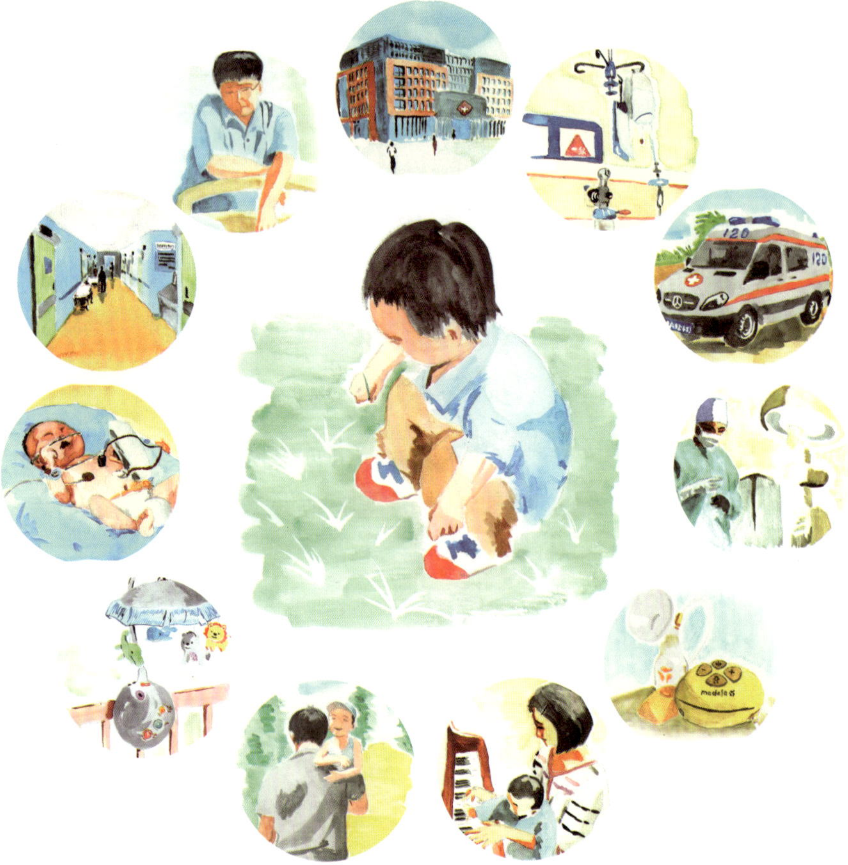
120
120
medela

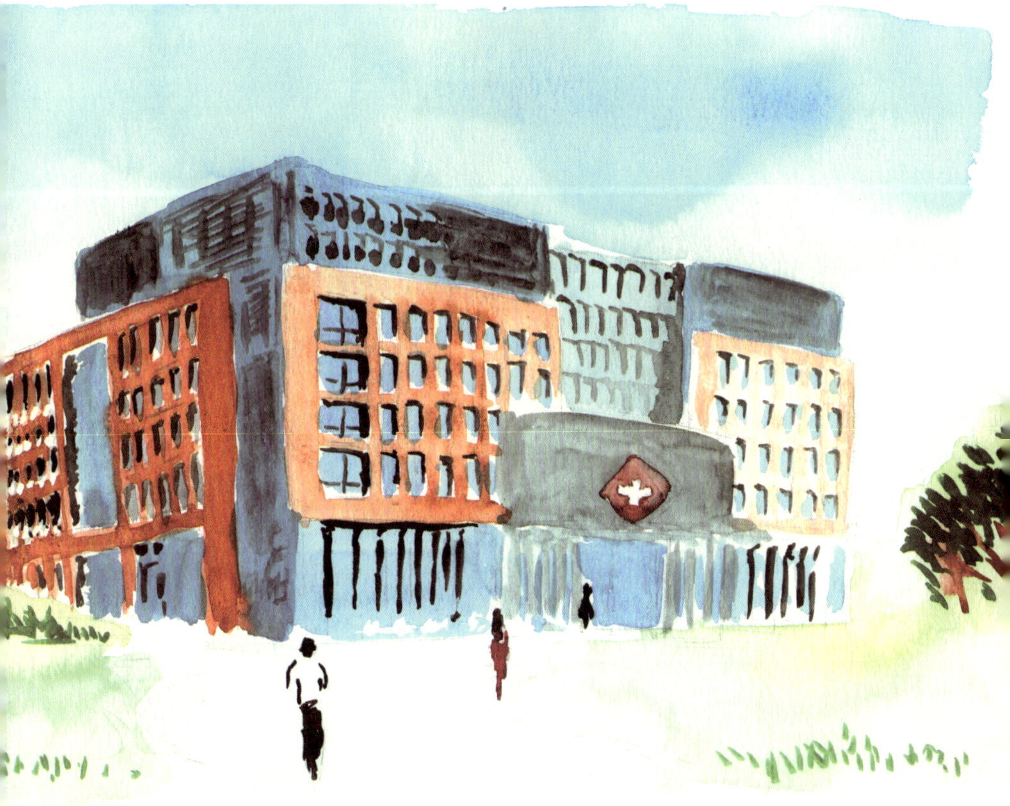

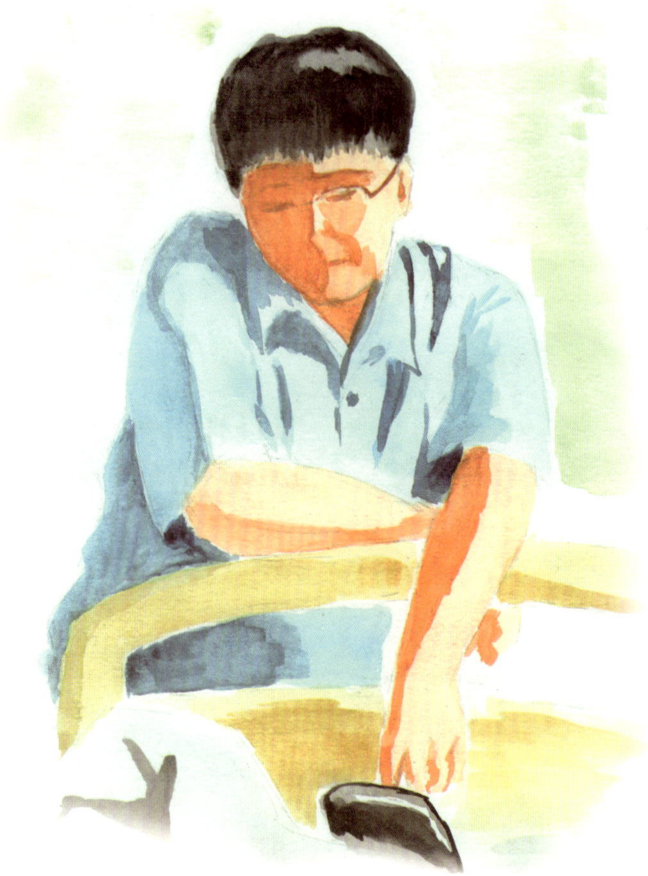

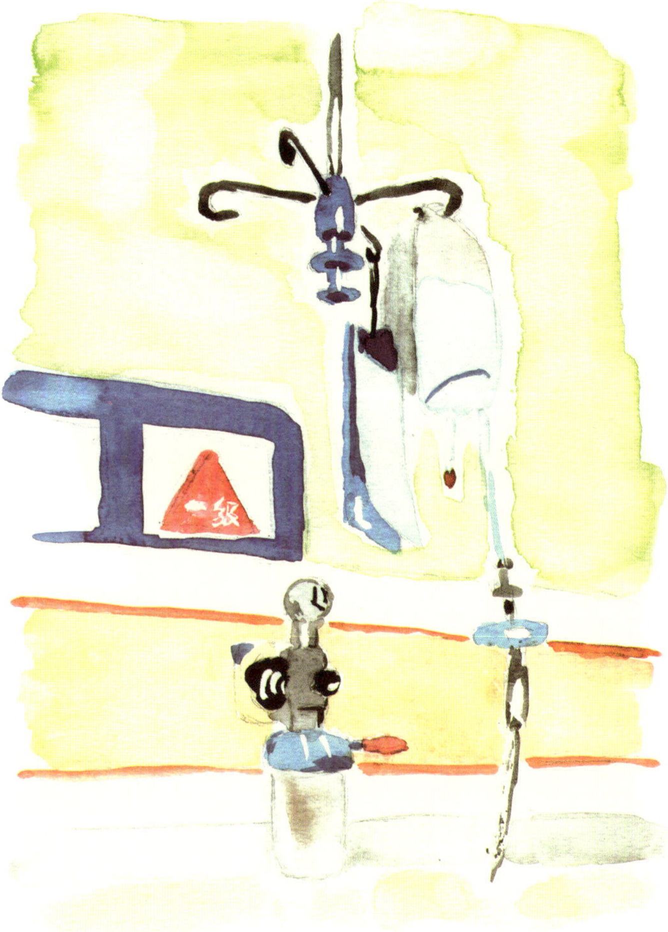
一级

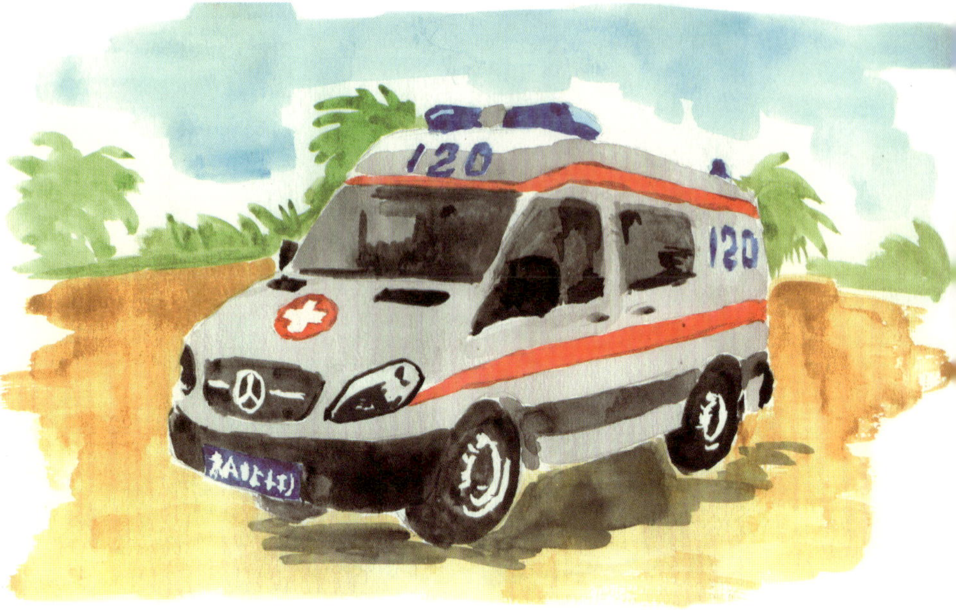
120
120

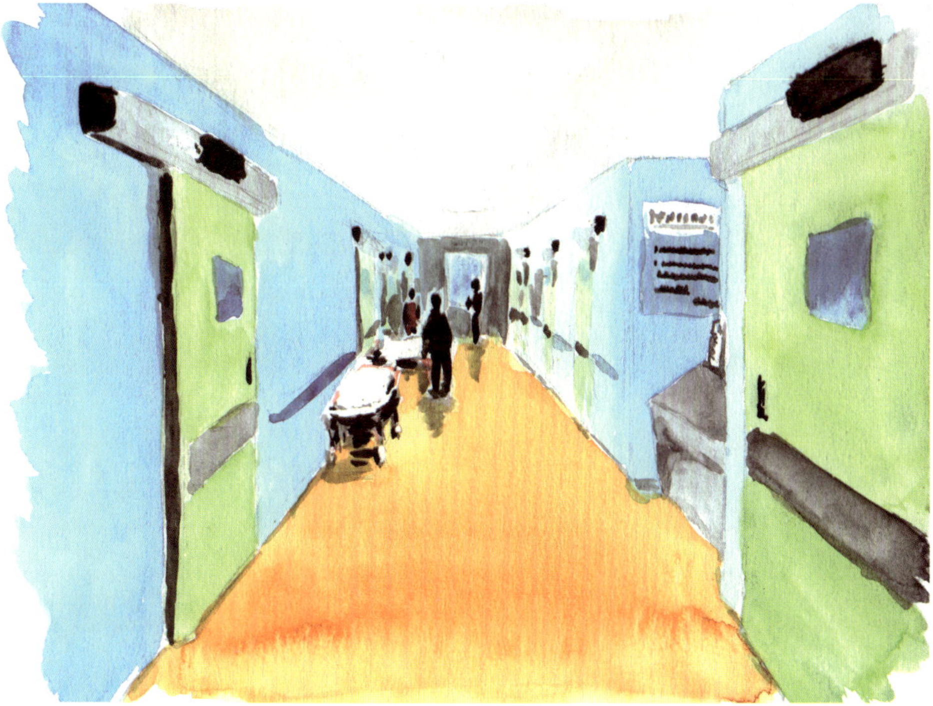

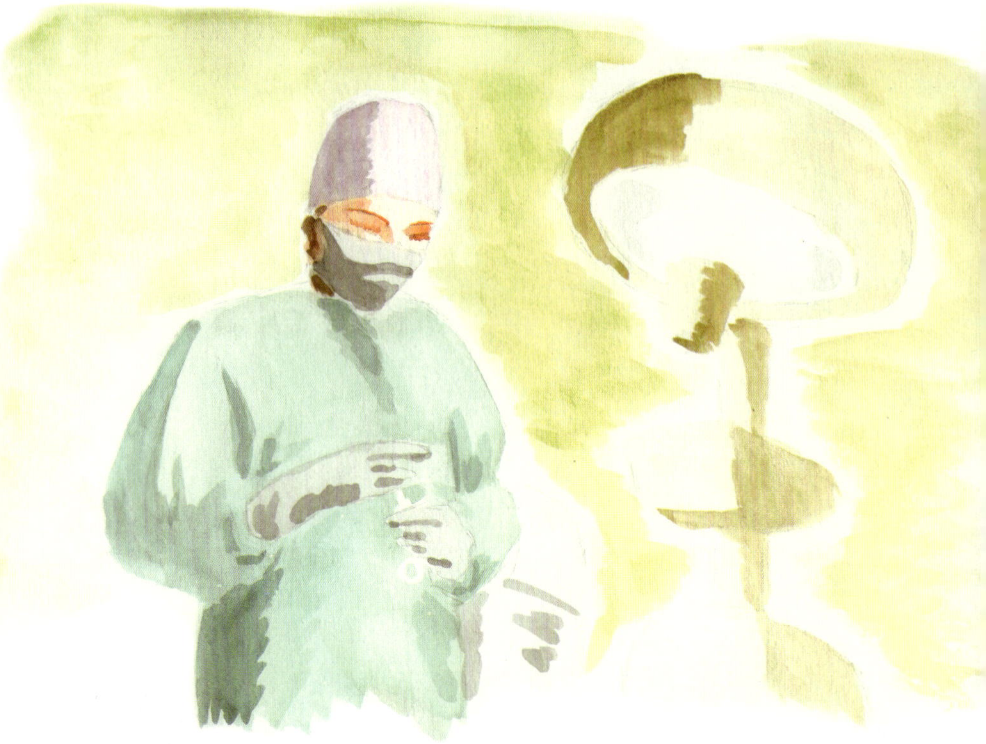

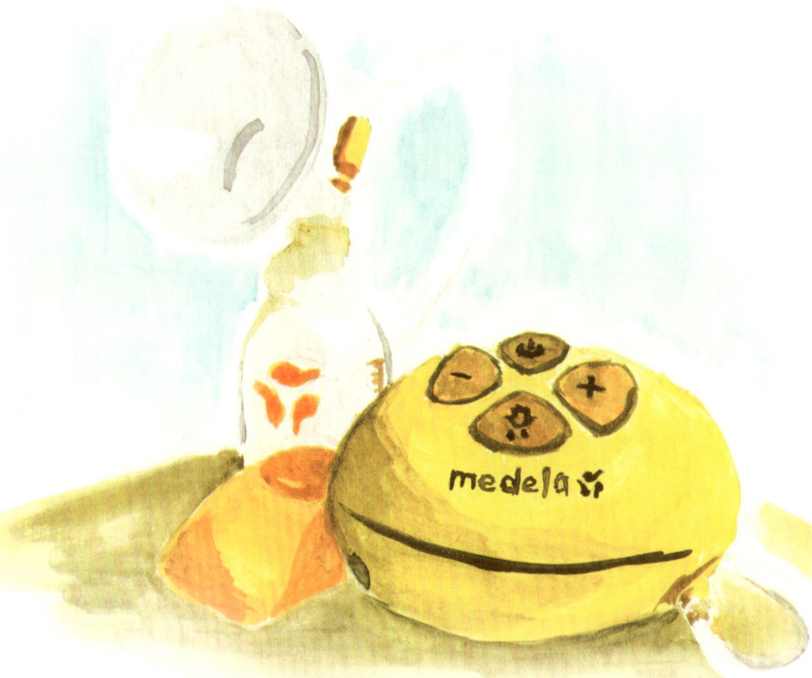
medela

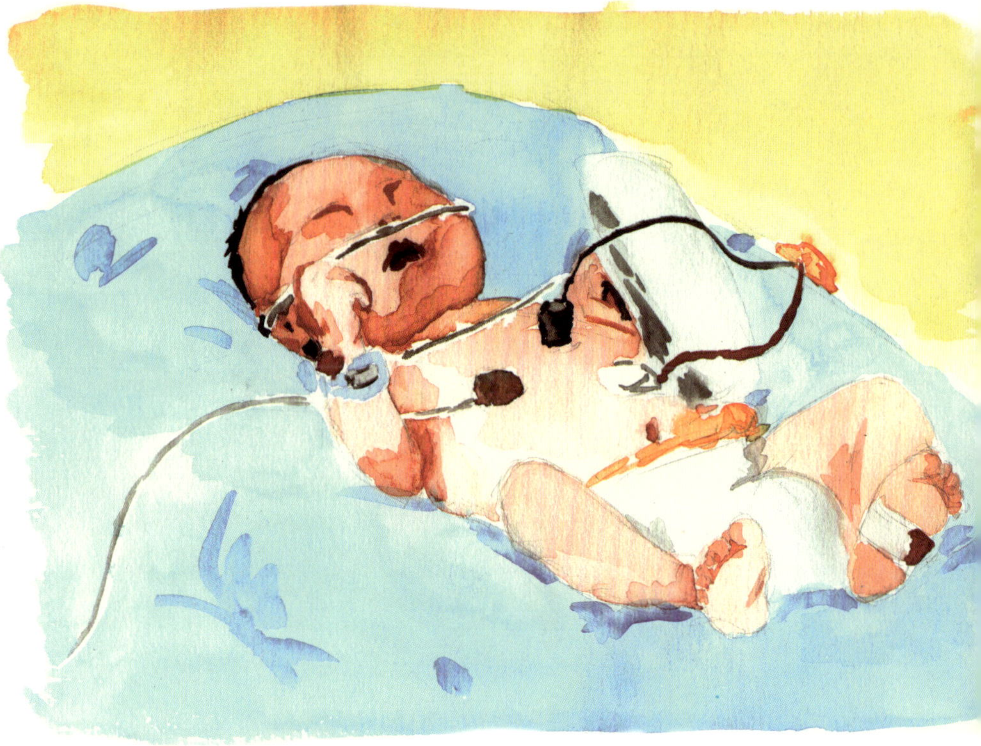

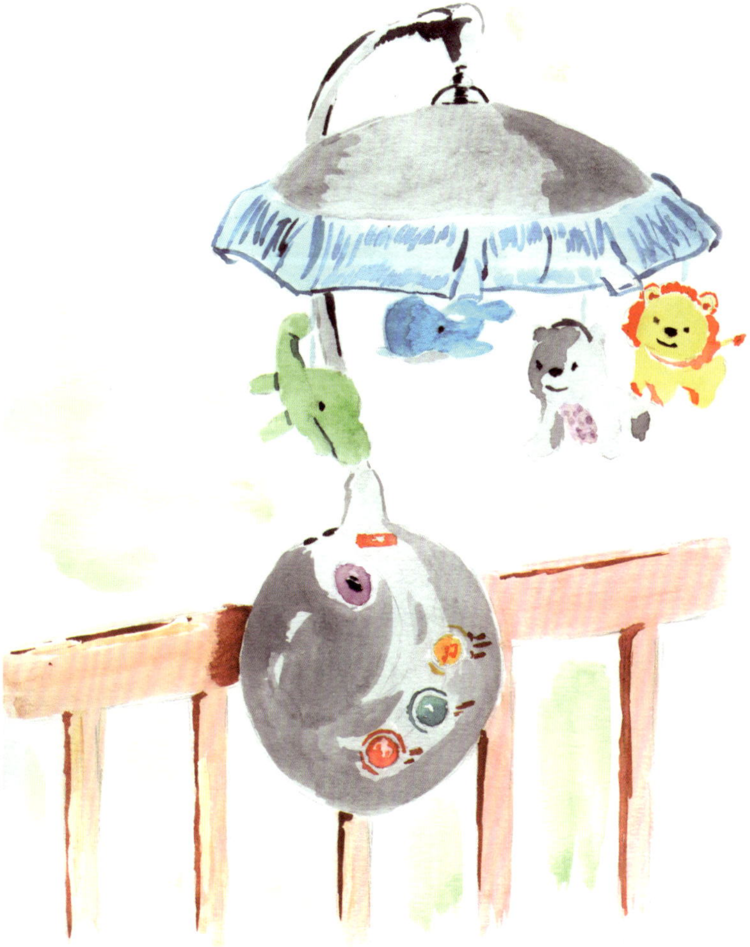

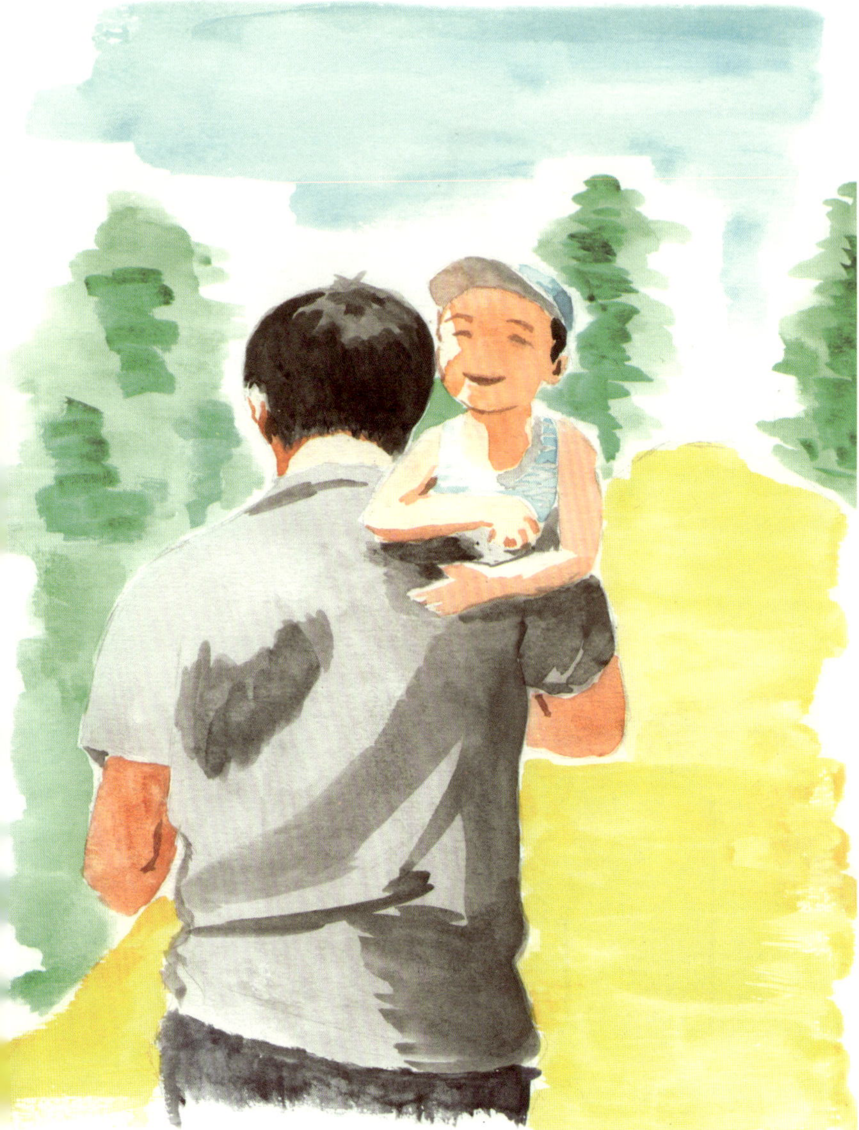

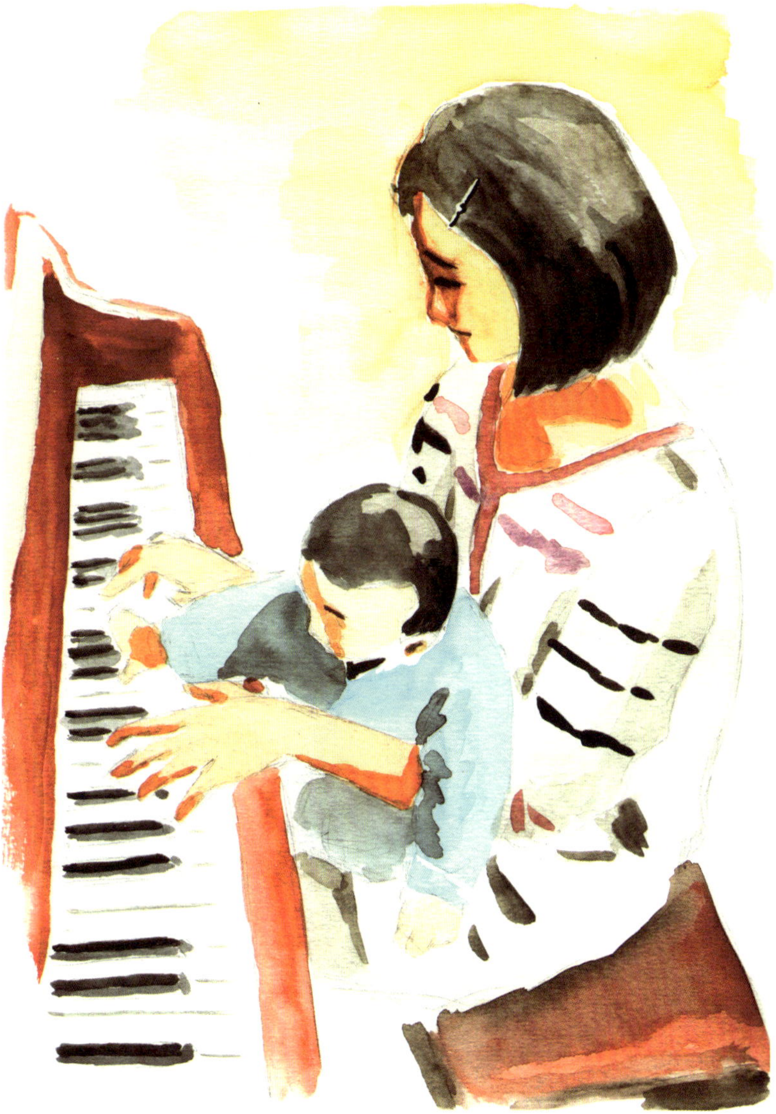

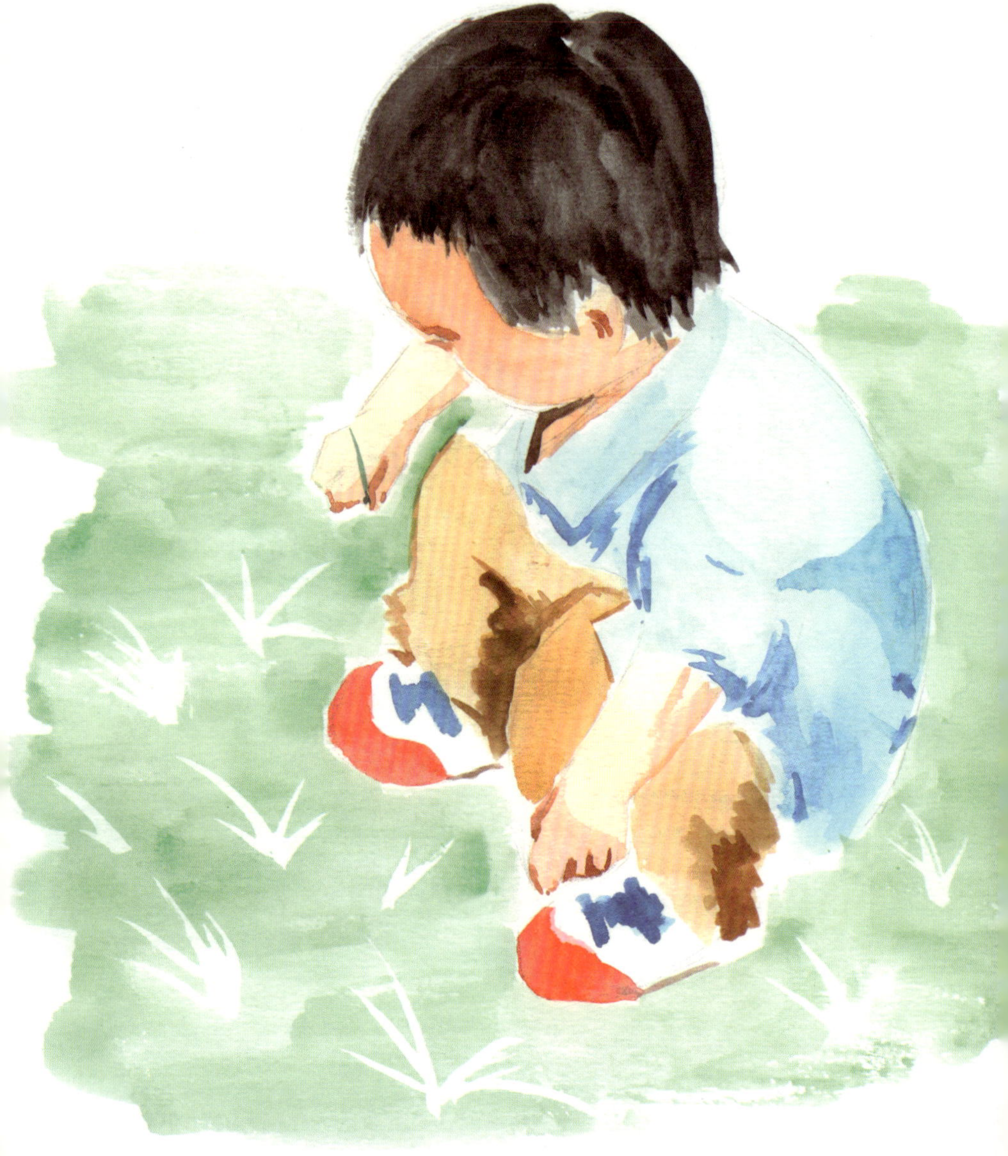

祝贺孟斯小说《守护奇迹》出版！

付 颀

看过孟斯写的小说《守护奇迹：小小诞生记》，我很久都无法忘记那样一个情景：一个柔弱的女孩子躺在产床上，自己的生命还处在危险之中，但她心里只有一个念头："如果真的需要用我的命去换孩子的，就拿去换好了。"

她伸出沾着血的手，只叮嘱医生一句话："大夫，孩子一定要保！"

"好！你放心！"

"子宫能保吗？"

"我们尽力。"

我为这个情景深深地感动！我见识到了伟大的母爱，也看到了八零后母亲身上的那种特有的刚强性格。

孟斯是我老同学的女儿，从她父亲那里得知，她把自己生孩子遇险的故事写成了一本书，很感兴趣，希望把稿子发给我看看。

读过之后,我被深深地震撼了,孟斯的文字朴实、真诚,有女性特有的细腻,还带有一丝八零后的那种诙谐,她给我们讲了一个经历生死徘徊的考验、为了新生命勇敢地与命运拼搏的伟大母亲的故事,我相信所有读过这本书的朋友,都会跟我一样被感动。

2018 年 7 月 3 日于北京

(付顾,中国作家协会会员,中国金融作家协会副主席,《中国金融文学》杂志副主编,当过兵,种过地,当过支行行长和金融公司高管,退休前任中国华融资产管理公司工会副主席。)

身为人母，比世界上最跌宕起伏的历险故事更值得歌颂

肖茉莉

四年前，孟斯说她要把自己的十月怀胎的经历记录下来。

那时恰巧我的第一本财经小说出版，于是十分鼓励她将这个想法付诸实际。

因为无数个优秀的作品，都起源于一个微不足道的"我想写"。

书写的过程，自然充满了艰辛。欣慰的是，她坚持了初心。

在繁忙的日常工作之余，我能想象她在无数个孩子熟睡的深夜，她伏在案头书写的场景。

那也是个幸福同在的场景。

于是今天，这本《守护奇迹》幡然出现在我们面前。

恭喜孟斯完成了人生的这一个梦想。

在《守护奇迹》的字里行间里，她写出了了对生活的爱，对孩子的爱。

她的文字，温柔似水，却又热情似火；既有女性的细腻与温柔，又充满智慧与感悟。

细细品来，仿佛整个外在的世界都安静了，而我们浮躁的内心也平静了下来。

你只需安静地坐下来，静静地坐在那里，慢慢地打开她所描述的一个充满母爱的世界。

在和孩子相处的怀胎岁月的点点滴滴里，一个母亲等待着一个小生命的生长。

在最后一个月的温柔的坚持里，她记录下了无数的感动瞬间。

无数的忍俊不禁的感动，无数的低回温柔的潸然泪下。

孩子，是这样地让一名坚强的女子心生温柔。

而身为人母，比世界上最跌宕起伏的历险故事更值得歌颂。

因为这是一个如此温暖的历险故事。

想起她在进手术室前几天给我打来了电话。

当时的办公室内人声鼎沸，灯火通明。

而在那个时刻的她，正在焦急地守护一个新生命的来临。

"你会平平安安地生下宝宝，请一定要相信自己，加油。"

我还记得当时的自己握紧拳头，鼓励着电话里满是期盼与担心的她。

但我知道，身为她的朋友，我的话语只是给了她鼓励，因为那满是前途未知的生育之路,也只有亲身经历的她才知道是如此的不容易。

在那个时刻,回望她和我分享怀胎生子的艰辛,我的脑海中浮出了一句话:世界上有种永恒的爱,叫母爱。

从古至今,无数文人骚客歌颂过母爱的伟大,但那些词赋都不足以还原母爱的伟大瞬间。

比如,怀胎十月,只有经历过这个过程的女性,才知道一个小生命在体内慢慢成长的十个月里,身为母亲的她是如何数度经历了人生中最难受而又最幸福的无数个时刻。

女本柔弱,为母则刚。

女子原本是柔弱的,需要人保护的。但一旦成为了母亲就会变得坚强,有担当。

她会不顾一切去保护那个幼小的生命,就如孟斯在文中对她的宝宝表白的,"如果只有一个生的机会,我一定要让你活"。

读到此处,我为之动容。

从少女成为一名母亲,这是一个未知之路。

而成为母亲,也是一条通往幸福之路。

连狄更斯也说,慈母的心灵,早在怀孕的时候就同婴儿交织在一起。

因为从此之后,那个被你叫做孩子的那个人,会成为你一生的牵挂和陪伴。

因为成为了母亲，所以你不再是一个普通的随心所欲的女性。

少时听到的一首歌曲，名字就叫《世上只有妈妈好》。

世上只有妈妈好，有妈的孩子像块宝，投进了妈妈的怀抱，幸福亨不了。

有爱相伴一生。

谁言寸草心，报得三春晖。

世上有种永恒的爱，叫母爱。

一位伟大的母亲，不仅仅是把孩子带到这个世界，更能教会孩子什么是爱。

作家龙应台在《孩子你慢慢来》的这本书里，这样写道：

我，坐在斜阳浅照的台阶上，望着这个眼睛清亮的小孩专心地做一件事；

是的，我愿意等上一辈子的时间，让他从从容容地把这个蝴蝶结扎好，用他五岁的手指。

孩子你慢慢来，慢慢来。

她和自己的小孩之间的关系是平等的，与小孩成为朋友，平等的方式和孩子交流。

孩子的纯真、可爱、好奇心满满，是成人世界的最好的喜悦和安慰。

祝愿每个妈妈都能像龙应台一般耐心、细心。

初为人母,初为人子,请让我们彼此多多关照。

孩子刚从另一个世界来到这个人世间,

他们柔嫩的肌肤、清澈的眼神、纯真的笑容,还未经过岁月的冲洗,所以显得如此动人。

未来我们的小孩会成为一个什么样的人?

我们如何能把他(她)们培养成更好的社会栋梁?

如何让他(她)度过自己幸福又充满荆棘的一生?

身为人母,我们充满了疑问与担忧。

但孩子,你慢慢来。

一切都要慢慢来。

这一条长长的未知的成长之路,一切都要慢慢来。

最后,想起一段黎巴嫩诗人纪伯伦的诗歌《On Children》,与大家分享:

你的儿女,其实不是你的儿女。

他们是生命对于自身渴望而诞生的孩子。

他们借助你来到这个世界,却并非因你而来。

他们在你身旁,却并不属于你。

你可以给予他们的是你的爱,却不是你的想法,因为他们有自己的思想。

你可以庇护他们的身体，却不是他们的灵魂，

因为他们的灵魂属于明天，

属于你做梦也无法到达的明天。

你可以拼尽全力，变得像他们一样，却不要让他们变得和你一样，

因为生命不会后退，也不会在过去停留。

你是弓，儿女是从你那里射出的箭。

弓箭手望着未来之路上的箭靶，

他用尽力气将你拉开，使他的箭射得又快又远。

怀着快乐的心情，在弓箭手的手中弯曲吧，

因为他爱这一路飞翔的箭，也爱那无比稳定的弓。

初为人母，初为人子，请让我们彼此多多关照。

（肖茉莉，财经作家，现为小风暴资本创始合伙人。曾担任光速中国基金助理合伙人，红杉资本中国基金副总裁兼人力资源负责人。年少时自立门户成为一名创业者，后加入顶级风险投资公司。十余年创投领域工作经验，见过浮光掠影之余，爱恨交加地创作了"小风暴系列"。其出版作品《小风暴1.0：时间的玫瑰》《小风暴2.0：亲爱的图灵》。）

女子本弱　为母则强

周　莉

作为孟斯孕期保健医生的我，也是她老公的亲大姨。孟斯在妊娠 16 周时就被确诊为"中央性前置胎盘"了，这是我们医生最不愿意看到的能引发产科大出血的极高危妊娠并发症了，可这就是事实，无论你愿意不愿意都得接受！我耐心、严肃并以图解的方式将"中央性前置胎盘"在孕期、产后可能发生的严重出血的极大风险告知了她们小俩口，不知他们听懂了多少？但从他俩不时对视的目光中我感觉得到听懂了。沟通过程中孟斯一直瞪大了眼睛看着我认真听讲，不断点头，坚定地表示："姨，您放心吧，我都明白了，一切听从你的意见和安排，我一定好好休息，注意出血的情况，好好保护我腹中的孩子………"这种话语让我感觉得到她的无奈、勇敢、坚毅，以及对孩子的无限渴望和对医生的无比信赖！

她的倾听，她的话语，让我这个做姨的心很痛，她是我所有病人孕期教育中最听话的一个。

因为太熟悉"前置胎盘"的后果，出血也就在预料之中了。尽管孟斯和家人似乎都做好了各种准备，但当出血发生时还是表现出与所有病人一样的反应！紧张、恐惧、颤抖、精神窒息！后来在医院发生的一切惊心动魄，在孟斯的书中都有详细的描述，我不在此赘述。

孟斯不愧是家人心目中才华横溢的小才女，她将自己人生中最重要的母子一起与生命博弈的时刻写成了这本书《守护奇迹——小小诞生记》，感慨、感人。她是面对死神从容盼子的伟大母亲！

最后想说的是，对于"母爱"的伟大已经很难用语言来表达，也许就是根植于内心、流淌于血液，心灵与灵魂的契合吧。孟斯配得上这样的形容。

（周莉，北京和睦家医疗集团妇产科主任医师）

目 录

第一章 / 1
出　血

急救车里的白炽灯有些昏暗，和曾经在电视里面看到的不太一样，大家沿着窗子坐着，面对着我，我的手有些麻，有些凉，老公的手紧紧地握着我。想着想着，我的眼神越过面无表情的医生的脸看了看外面的光景，夜的霓虹灯在眼前刷刷刷地飞过，没有情感，也并不觉得绚烂，因为都和我无关。我又看了看老公，发现他一直在看着我，只是那眼神很复杂，我已经读不懂了。磊岩努力地冲我笑了笑，我扬扬嘴角，不知道该说什么好。我的脑子一片空白，下意识地用手摸摸肚子，唯一担心的是我的孩子——小小的安危，他怎么样了？在里面会不会很危险。想到这，我再一次看看急救医生，他的眼光一直看着前方。

第二章 / 13
前置胎盘

胎盘的正常附着处在子宫体部的后壁、前壁或侧壁。如果胎盘附着于子宫下段或覆盖在子宫颈内口处，位置低于胎儿的先露部，称为前置胎盘。前置胎盘是妊娠晚期出血的主要原因之一，为妊娠期的严重并发症。多见于经产妇，尤其是多产妇。

虽然有"严重并发症"，我却一直天经地义地相信这样倒霉的事情不会落在我的头上。所以，这样轻心，反而心理准备不足，让我面临现在发生的一切的时候有一些惶恐。

第三章　/ 23
保　胎

　　因为前置胎盘需要绝对的卧床，大家只能推着我的病床去门诊楼照 B 超，我仰着头看着老公和老爸的脸，每过一个坎的时候，老爸就说，慢点儿慢点儿，然后老公就慢慢地先把床的一头抬过去，再轻轻地放下另一头，我只需要乖乖地躺好，保持一个姿势，因为每次的颠簸会引起小小的宫缩，会有小小的出血，这时感觉自己真像一个玻璃人儿，稍一动都不行的。

第四章　/ 33
床上生活

　　我也不知道磊岩这是安慰我还是什么，他就很自然地捣鼓捣鼓这个，一会儿弄弄那个，嘴里叨叨着。我就这样"静止"地听着，看着我生命中的这个暖男，又像是在旁观着我曾经的生活。

第五章　/ 43
纠结的胎心监护

　　胎心监护一般是用来评估胎儿宫内的状况的主要监测手段。监控的屏幕上一般分为两个部分，主要是两条线，上面一条是胎心率，正常情况下波动在 120 至 160 之间。下面一条表示宫内压力，只要在宫缩时就会增高，随后会保持 20mmHg 左右。因为我在 24 小时不间断地点滴硫酸镁来抑制宫缩，所以现在宫缩曲线还是比较平稳的，基本上没有大的宫缩。但是，上面的胎心率曲线却也同样平稳，一般来说，在出现胎动时心率会上升，出现一个向上的突起的曲线，胎动结束后会慢慢下降，正常的曲线呈现平稳但是有3～5个突起，按照医生的话说，这可以反映出婴儿心脏的能力，但是我的胎心曲线却如宫缩曲线一样平稳。

第六章 / 53
无能的力量

尽管我知道医生说的是实话，但是我依旧讨厌这种冷冰冰居高临下的口吻。也许是因为持续的折腾，也许是因为心情不好，我已经觉得有一些上不来气了，而且体温也并没有要降下来的感觉，心跳很快，由于情况越来越不好，我开始担心孩子，越是担心，心里越堵得慌，我觉得自己真的快要崩溃了。

第七章 / 63
接受的安定

于是，一切都安静了，我也安安静静地坐着，好像入定了一样，我小心地呼吸着，小心地转转头，看看很快就睡着了的磊岩，静静听着外面的声音，就像我刚刚入院的时候一样。因为发烧，我还是有一些冷，我慢慢地用牵着点滴的手把被子往上拉了拉，本来我还打算再捋捋思路，琢磨琢磨我目前的状况，可是刚想到肺炎的事，我就放弃了，我无法像之前上班的时候那样，在事件发生时女汉子般地迅速捋清事端前后，一切缘由，然后找出问题，努力地去各个击破,我现在确实没有那个能量,没有那份精力了,我只能接受所有已经发生的一切,以及即将发生的一切,当我发现我毫无选择地决定接受之后,我就释然了。

第八章 / 71
好好活着

于是我决心面对现实,琢磨我的下一个阶段的小目标和小期待,据说,在这里住院的每周一,护士都会给病人洗头,于是,我开始计划着为自己争取下一次洗头的机会了,就这样,在我内心决定了接受之后,我发现,之后一两天的日子真的开始有那么一点点的顺心了!

第九章 / 81
修 行

好吧,那个小姑娘永远活着,而且我也惊喜地发现,她竟然永远以平和幸福的姿态出现在我的脑海里,我向往的是那样一种与世无争、安然和有爱的日子。我曾经假想的各种纠结和痛苦,在回忆的时候原来都会渐渐淡去,变成清亮的岁月,而从那样的日子走过,我已感觉很欣慰了。

第十章 / 89
被迫出院

江大夫走的时候我依旧没有反应过来,我这样就突然可以出院了？我刚刚习惯了这一切，决定战斗到底的时候，我的战场就瞬间消失了。可是，我现在一点儿也不想出院，不是因为喜欢这里，而是我不想再折腾自己折腾这孩子了，胎盘前置，随时都有大出血的危险，我不想再经历一次那惊险的一幕，置我和小小于危险的境地。况且，自始至终，孩子在宫内的情况就没有一个明确的决断，我羊水突然变少的原因也没有人能解释清楚，我依然愿意在这里守着我的阵地，至少我可以这样一天一天地过下去，可是这一切又要戛然而止了。

第十一章 / 99
回 家

　　我被家人呵护着上了车子，车子开动，我才看出整个医院的样子，车开出医院的大门，驶入我每天都能从病房里听到声音的喧嚣的街道，大家都在自顾自地生活着，忙碌着，车子开上环路，依旧车水马龙，我摸摸肚子，对宝宝说："小小，妈带你回家。"

第十二章 / 109
再次大出血

　　"其实，你想啊，说不定你很快就要见到小小了，我想起来都觉得挺激动的。"

　　谢谢妈妈，这个时候，妈居然能这么乐观地看待整个事情，尽管她可能更多地是在安慰我，而且，她也已经做好了这次孩子有可能保不下来的心理准备，但是，这样期待性的劝慰，真的是给了我点点希望。

第十三章 / 119
恐 惧

　　老公和家人现在都不在身边了，小王大夫还没有过来，我自己觉得这个时候我总该想点什么吧，可是脑子里却空空的，身体的出血依旧不停，宝宝在我肚子里应该是睡着了吗，他安安静静的："宝宝，你是想出来了吗，说不定，一会儿我们就见面了，宝宝，如果只有一个生的机会，妈妈一定要让你活。"

第十四章 / 129
手 术

　　我就这样被推上了临时手术车，顾不得看清推车大夫的脸，我下意识地感知自己的情绪，没有心潮澎湃，只有一丝丝的恐惧让我浑身不住地发抖，好吧，我姑且把那归结为失血过多的反应，因为我知道自己抖得很厉害。老公磊岩应该是被直接叫到医生办公室交代情况去了，不知道他现在在独自面对着什么，一定是各种危险的告知，比如失血过多会造成多脏器衰竭啊，子痫会导致血管爆裂啊，前置胎盘手术中还会大出血啊，接受输血也可能会有危险，宝宝胎龄小，生产中可能窒息啊，还有麻醉造成的风险，这些只是我能够想到的，一定还有其他各种情况。不知道他签字的时候会是什么样的心情，也可能他一闭眼就签了，不签还能有什么办法吗？还有，做选择的时候，不知道他还记不记得我的嘱托。

第十五章　/ 139
和小小相见

　　做母亲是有一种预感的，我自始至终都相信，小小一定没事，我安心地看着他，心想，宝宝终于脱离宫内的危险了，他哭得那么嘹亮，尽管小了些，他一定能长得很壮实，高高大大的像他的爸爸磊岩一样，我就这样想着，渐渐地失去了意识。

第十六章　/ 149
重　生

　　不知道是因为疼痛，还是因为对小小的担心，或者是乳房开始越来越胀，我越来越精神了，看看表，是凌晨4点多钟，我躺在床上，开始觉得，一定要赶快好起来，还有好多事情要做，首先我要把身上各种管子都拿掉，然后要吃一顿好的，我要坐起来，自己下地，自己去上厕所，就算是挪我也要挪到儿科去看看小小现在究竟是什么情况，我还要赶快学会吸奶，争取早点儿出院，回家给小小做准备，给他留多多的奶喝，小小需要妈妈，这种被需要的感觉，让我突然觉得浑身都充满了力量，脑子里有各种的想法，我清晰地觉得，我活过来了。

第十七章　/ 159
早产的小小

　　我想象着小小现在正在经历的一切一切，完全没有防备！只能心里默默地祈祷，老天爷，请不要让我失去小小，求你了！

第十八章 / 169
小小的战斗

只有不到33周的小小宝宝,刚出生就离开妈妈和家人,自己住在NICU里面。NICU里的宝宝,在我住的医院,家人一眼都不能看的,只能每周两次到NICU门外去询问宝宝的情况。我无时无刻不在想他,想他现在在经历着什么,可能一天会有很多次的惊险,小小的小小就这样坚持着,他还么那么小。

第十九章 / 177
小小回家

他是那么小,看起来又是那么弱,却又是那么顽强!我们3斤的小小自己在NICU里顽强地活下来了,20天的时间,长到了4斤,能回家了!我没有不坚强的理由,现在就看我的了。这样想着,婆婆说:"来,终于见到妈妈了,快让妈妈抱抱吧。"可是,我却真真地不敢动他,那么软软的小身子,那个曾团在我肚子里的小身子,如今就在我面前,可是我却不敢伸出双臂去拥抱他了,真是百感交集。

第二十章 / 185
斯羽抑郁了

好吧,来吧,这样想着,我就真的放纵自己一把,终于在生完宝宝之后来了一个一泻千里了,呜呜地号啕大哭,说不上的难受,就是觉得这样能哭出那么多说不出来的情绪，有曾经的恐惧，有为难，有担心，有牵挂，有依恋，有感激，有不自信，我使劲儿使劲儿地哭着，有种越哭越来劲的架势，黑黑的树下只亮着一盏小灯，弱弱地发着光，像是不敢影响我热闹的情绪。我用手托着脸，任凭泪水流下，任凭自己大声地抽泣，抽泣。

第二十一章 /193
有了小小之后的情怀

我就这样看着他，就想一直一直这样看着他。夕阳将树叶都打成了金色，小区旁的幼儿园里传来稚嫩的童声，熙熙攘攘的，是接宝宝的时间到了，我就开始畅想，现在我可以这样无尽无尽地畅想了，会有那么一天，小小背着他自己的小书包，里面装上水壶、小口巾，最喜欢的玩具，蹦蹦跳跳地独自走进幼儿园的大门，小小开始有自己的圈子、自己的朋友，我和磊岩就会在他身后，看着他往前走，守护着他，一直走，直到有一天我们走不动了，小小已经长大了，会有自己的孩子，自己的家庭，我会挥挥手让他继续向前。这就是生命的延续吧，想起来，真的好有意义，感谢小小让我们做了父母，让我们的生命自此厚实而更有意义。

《守护奇迹：小小诞生记》之妈妈的自白 /199

第一章 出血

急救车里的白炽灯有些昏暗，和曾经在电视里面看到的不太一样，大家沿着窗子坐着，面对着我，我的手有些麻，有些凉，老公的手紧紧地握着我。想着想着，我的眼神越过面无表情的医生的脸看了看外面的光景，夜的霓虹灯在眼前刷刷刷地飞过，没有情感，也并不觉得绚烂，因为都和我无关。我又看了看老公，发现他一直在看着我，只是那眼神很复杂，我已经读不懂了。磊岩努力地冲我笑了笑，我扬扬嘴角，不知道该说什么好。我的脑子一片空白，下意识地用手摸摸肚子，唯一担心的是我的孩子——小小的安危，他怎么样了？在里面会不会很危险。想到这，我再一次看看急救医生，他的眼光一直看着前方。

斯羽摘录

永远不能忘记那一天,那个晚上,我和磊岩躺在床上,在讨论宝宝起名字的问题,突然感觉下身轻轻地像有一个小簧片那么一弹,然后就是一股热流涌出,羊水破了?要生了?都不会是,还早,我才怀孕29周。

"完了。"我下意识地一愣,"我出血了,老公!"

"什么?你确定?"磊岩似乎还有点不太相信。

"我确信,没开玩笑。"磊岩看我的眼神,知道这一刻终于到了,他转头向婆婆公公喊了一声"斯羽出血了"!然后就慌忙地抓起手机,拨通了120急救电话。

其实这一刻的到来并不意外,但是这么早确实有点出乎我意料,而且我也终于体会到什么叫作"前置胎盘的无痛性大出血",确实一点疼痛都没有,但是下身已经血流成河。

开始出血的前5分钟我还没有太慌,想也就是来例假的量,但也知道这一下肯定要去医院走一遭了,于是我自己跑下床,去卫生间垫了一块卫生巾,穿好衣服,但是瞬间一股出血,卫生巾就被血洇透了,我移着步缓缓地挪到床上,躺下,不敢动。我发现身下的被子已经开始湿了,而我自己开始发抖。

"血很多,老公,我有点怕。"

这时,老公正在我身边跑来跑去,找我的身份证、就医卡,抓上几件衣服,塞到背包里,一会儿120的车就到了。"媳妇不怕,有老公在,我去接120,你要挺住。"老公摸了下我的头,我无助地看着他,感觉自己发抖得更加厉害。

"咚咚咚"的脚步声,进来了几个人,这个时候我已经吓得眼睛有点发直了,听着他们一进来就喊着问:"病人在哪里?前置胎盘是吧,人不能动不能动,用担架!"

"这么多血!"

"被子裹住人!"

"大家小心点,小心她的肚子!"

"慢着点,头高一点!"

"电梯太小,快,走楼梯!"

这些声音在我耳边回荡着,我只是感觉下身依旧在一股一股地出血,而我只会说:"我还在出血。"

大家把我抬上了车,生平第一次我坐上了120,不,确切地说应该是躺进了120,里面一个戴口罩的急救大夫迅速地解开我的衣裳,贴上了心电监护的设备,又扒开我眼睛看了看瞳孔,同时开始测血压,发现我的情况还可以,转头问坐在他身边的磊岩。

"孕妇怀孕多少周了?"

"29周。"磊岩说完后满怀希望地看着医生。

医生无语。我不敢对这一对话有任何猜测,可是还是期待会有一些安慰的言语。急救车里的白炽灯有些昏暗,和曾经在电视里面看到的不太一样,大家沿着窗子坐着,面对着我,我的手有些麻，有些凉，老公的手紧紧地握着我。想着想着，我的眼神越过面无表情的医生的脸看了看外面的光景，夜的霓虹灯在眼前刷刷刷地飞过，没有情感，也并不觉得绚烂，因为都和我无关。我又看了看老公，发现他一直在看着我，只是那眼神很复杂，我已经读不懂了。磊岩努力地冲我笑了笑，我扬扬嘴角，不知道该说什么好。我的脑子一片空白，下意识地用手摸摸肚子，唯一担心的是我的孩子——小小的安危，他怎么样了？在里面会不会很危险。想到这，我再一次看看急救医生，他的眼光一直看着前方。

这时婆婆开始和我原来在私立医院的主治医生周大夫通电话："斯羽大出血了，嗯，出血量很大，我们直接去市医院了。这个医院上次检查就没看成，我怕他们不收啊，对对，您能过来是最好了。那个……孩子能保住吗？好，见面再商量。"听到最后一句，我心里一紧，也庆幸自己是在清醒的时候出的血，之前听大夫说，有些中央型前置胎盘的病人是在睡梦中大出血，然后直接昏厥了。

"快到了，媳妇，坚持住。"老公安慰我，他带着鼓励的微笑，握紧我的手，我努力地点点头。

救护车飞驰着驶入了医院的大门，我这种情况，按照主治医生的安排是一定要转院的，因为出血量大，随时都有可能进行剖腹产手术，而综合性医院力量强，在处理危重情况的时候比私立医院要得心应手。

北京三月的天气依旧很凉,我裹着厚厚的棉被躺在担架车上被家人和救护人员一起抬下了急救车,担架车很窄,我虽然已经被带子固定在了担架车上,但也觉得摇摇晃晃的不稳,于是我使劲地用手抓着担架车的边缘。大家推着我明显脚步匆匆,我侧躺着,因为感觉这样会减少出血,后来发现真是歪打正着了,平躺着宫缩是最强的,而我的出血就是伴随着一阵一阵的宫缩,所以,减少宫缩就可以减少出血量。

但就算如此,我唯一确信的是:我的宝宝还在!尽管,我现在确实感觉不到一点点的胎动了;尽管,宫缩开始很明显了,一阵一阵地伴随着一股一股的出血;尽管,出血多得不敢想象。我却从来没有怀疑过,宝宝依旧在我身边。

平生第一次,我进了急救室,比想象的要简陋很多。家人全部在门外等候,两个值班医生撩开帘儿,我被推了进去。急救室里面一共两张床,我对面的那张床上也躺着一个孕妇,在做胎心监护,她的肚子明显比我大很多,尽管她看起来很痛苦地在哼哼,可我确实非常羡慕她,起码人家胎龄比我长,宝宝比我的大得多啊。

我被护士麻利儿地脱下了被血浸透的裤子,自己费劲地脱下了毛衣,肚皮上就立马被绑上了布带,贴上了探棒,"给你做胎心监护"。

护士有些无奈地在我肚子上面找了半天,皱着眉头看着胎心监护的显示屏。

"你什么胎位啊，胎心这么难找。"她一边说着一边还在找。

"医生说我是横位。"我也有些担心地说。

一般孕晚期的时候，宝宝通常逐渐转成头朝下的姿势，即通常所讲的"头位"，便于生产时候的入盆和产妇的生产，按照我妇产科婆婆的说法，一般那种臀位啊横位啊，都会被称作胎位不正，在古代，这就预示着难产呢。所以孕晚期的时候，医生都会上来摸一摸孩子的位置是不是好，决定最后孕妇能不能自己生，或者是生的时候是否能够顺利。

我因为是难得一见的"胎盘前置"，所以胎位又变得不那么重要了，每次产检的时候，大夫看完我的胎盘，还会再加一句，"怎么还是横位？"我也感觉得到，宝宝似乎是斜躺在我肚子里面的，因为他总会踢我的右上肋，同时我肚子的左下方也会有窸窸窣窣的感觉，我猜是他的小手在玩自己的脐带。

这个提示果然奏效，护士听我说是横位，就一通左按右摸，最后好像是摸到了宝宝的头，她如释重负地说："哦，怪不得，找到了！"

于是，我开始看见有数字在显示屏上跳跃，我知道，那是宝宝的心跳，120至160之间的跳动，说明宝宝状态还好。

这时我才稍稍安定下来，转脸向外望，急救室的门被帘子挡住，我只能看见爸妈和公婆来回踱步的脚，看到他们在，我觉得又踏实了些。一个护士翻帘进屋,家人立刻跟着探头进来,我努力抬起手,冲他们笑了笑。家人略显凝重的脸上就顿时漾起鼓励的笑,其实这个时候,鼓励是双向的慰藉。

护士进来后,一个年轻的医生也跟了进来,她手里抱着一叠我的病历,一边翻看,一边把手放在我的肚子上:"我的手有点凉,得给你摸摸宫缩。"

这样说让我心里不禁泛起一丝温暖,抬头看她,一个年轻的医生,白净的脸,戴着无框眼镜,头发绾起,她胸前挂着听诊器,低头认真地看着我的病历。我看到胸牌上有她的名字,王阳阳。

这时我感觉一阵肚皮发紧,伴随着就又是一阵出血,胎心监护的宫缩曲线一下子上到了峰值,王大夫用手贴紧了我的肚子:"宫缩了?"

"是宫缩,还有出血。你能摸出来啊,好厉害。"我就在这时候有了一丝放松,尽管还在出血,可是感到有人能够深知我的处境,并在帮助我渡过难关,还是觉得一种被理解的踏实,感觉自己也"不是一个人在战斗"。

"这样的宫缩大概多久一次?"

"10分钟吧。"

"我得给你先把硫酸镁打上。"

"硫酸镁?做什么用的?"

"硫酸镁是用来抑制你宫缩的,减少宫缩的次数可以减少你的出血。你这种情况,今晚我必须收你住院。"

平生第一次住院,之前尽管也生小病,住院还是头一遭,王大夫的话也让我觉得好笑,那个"收"字太有霸气了。

王大夫转身出去了:"谁是斯羽的家属?"

"孩子怎么样?"婆婆凑上来赶快问。

"危险大不大?"爸爸也很焦急。

"不好说,先要把宫缩抑制住再看看,家属去办住院手续吧。"

我把手放在肚皮上,宝宝在肚子里没有一点动静,我看着胎心监护仪上平稳的数字,猜想宝宝应该是在睡觉吧,妈妈的出血会对他有什么样的影响呢?

我还没来得及有任何情绪,就有一个看似护工的阿姨推进一张床,护士麻利地在床中间盖上了一个吸尿垫,对我说:"爬上去吧,躺在中间那个隔尿垫上,我们得给你找个床位,现在太晚了,先临时凑合一下吧。"

我就这样被医院收了。

深夜,我被护士和家人推进了病房,我盯着天花板,感觉着周围的气氛,因为床位有限,我被安排到了大病房的加床上,夜已深,但病房里并不宁静。孕妇和陪床家属的呼噜声此起彼伏,不时地有点滴检测仪发出滴滴的响声,护士急促的脚步声,窗外马路上不时一辆车驶过，偶尔还有手机的短信声，孕妇起身缓缓走向卫生间的声音，加上把我推进来后，就是上点滴，继续地监测胎心。

老公一趟趟地被唤去买这个买那个。妈妈在我身边有些束手无策地站着，婆婆皱着眉头和赶来的周医生讨论着什么。

"我还以为今天就要剖了呢。"

"上硫酸镁看看情况，估计医院明早就要交代病情了。"

然后走进来一个小护士，看了看围在我床边的一群人说："家属只能留一个，其他的先出去。"

婆婆和妈妈相觑了一下，护士又催道："你们快点啊，只能留一个，这个屋子里面都是保胎的孕妇，大家都需要休息，有什么事情天亮再说，我们有医生值班，你们不愿意回去可以在外面等。"实话说，这一番的警告远比家人的低语要来得响亮，我妈轻声说："我来吧，你们都先回去吧。"婆婆听了看看我，又把我的衣服规整了一下，悄悄地出去了。

暂时的安静，我静静地躺着，手背扎入点滴的地方隐隐作痛，但这远不比对出血的恐惧来得强烈。宫缩不定时的但是很频繁，宫缩到来的时候，肚子一紧，就伴随着一阵出血，我的心就收得很紧很紧。于是，我就静静地躺着，内心慌乱又无措无助地等待着出血后短暂的平静，接着，隐隐地感觉，肚子收紧就又是一阵。没有对结果的恐惧，却真切地害怕出血的感觉。我无奈地看着天花板，心里默念："老天爷保佑我和宝宝平安顺利。"这个时候，再多想什么都是枉然。我转身打开手机，里面还留着白天和朋友发的短信，和同事的通话记录，我的工作备忘录，还有我满满的日程计划表，这一切的一切，在这个夜晚都被无尽的黑暗淹没，我对我的生活彻底失控了。

默默地打开一个新的备忘录，我开始记录自己的宫缩，基本上是10~15分钟一次，渐渐地我感觉身体开始发热。这时刚才的王大夫又轻轻地摸黑走进来，安静地坐在我旁边："睡会吧。"

"睡不着，我觉得有点燥热。"确实，我觉得心慌而且脸开始有点发热。

"没事，这是打硫酸镁后的正常反应。"

"哦，硫酸镁要打多久。"

"这个只要没出现什么不良反应，你这个情况会一直打。"

"保胎吗？"

"可以这么说，硫酸镁可以抑制宫缩，能起到保胎的作用，但是你得一直躺着，不能坐着，更不能直立，这样可以减少腹压，否则还会诱发出血。"

"哦，这样。"保胎两个字让我心里稍稍安定了些，一来一往的对话貌似有着惊人的安抚力量，就像在我心中恐惧的阴影上头上了一抹亮亮的温暖的光。

"可是为什么打上硫酸镁我还是在宫缩出血呢？"

"没有那么快的，硫酸镁要在你的血液中有一定的浓度后才能慢慢发挥作用的，到明天早上看看主任怎么说吧，要是出血没有减少或者宫缩还是很频繁，你随时叫我。我先给你摸摸宫缩。"她说着，撩开我的病号服，轻轻地把手放在我的肚子上，她的手很柔软，如同她的话一样让我心里稍许的安定，我看着她玻璃镜片后平静的双眸，心绪渐渐地平静了，可是又一阵宫缩袭来，王医生的手稍稍用力，但目光依然平静，我便也努力地定了定神，但随之又感觉到了一阵血流。

"我还在出血。"这是我现在唯一能做的，就是把自己的情况如实地告诉医生。

"嗯，你试试把身子侧过来，一般仰卧的姿势，宫缩会比较强的，最好是左侧位。"

王医生轻轻地抽出手，帮我盖上单子，我乖乖地左侧躺好，一动也不敢动。妈妈坐在我的床边，透着外面的光影，我看不太清她的表情。

第二章 前置胎盘

胎盘的正常附着处在子宫体部的后壁、前壁或侧壁。如果胎盘附着于子宫下段或覆盖在子宫颈内口处，位置低于胎儿的先露部，称为前置胎盘。前置胎盘是妊娠晚期出血的主要原因之一，为妊娠期的严重并发症。多见于经产妇，尤其是多产妇。

虽然有"严重并发症"，我却一直天经地义地相信这样倒霉的事情不会落在我的头上。所以，这样轻心，反而心理准备不足，让我面临现在发生的一切的时候有一些惶恐。

斯羽摘录

"妈，我渴。"

妈妈赶忙拿出一瓶矿泉水，拧开盖子，可是因为我根本不能起身，躺着喝水相当费劲，一件平日看似简单的事情，现在做来都这么困难，我得开始习惯躺在床上的生活。

被检查出"前置胎盘"其实是很早时候的事情。本来选择在私立医院建档的我正端正地躺在B超台上，身为妇产科医生的婆婆和我的老公磊岩正在兴奋地看着画面上那个小小人儿，他真的很小。尽管14周的小宝贝已经能看出清晰的轮廓了，但是怎么也不觉得像个小人儿。

看见他的第一眼，我和许多妈妈一样，眼泪润湿了眼眶，自己身体中居然孕育出了一个小生命，他时刻与你同在，这是一件多么神奇的事情啊。之前的每一次产检我都会这样小兴奋一下，就像第一次拿着验孕棒，眼睁睁地盯着那"中队长"时的情形一样，一次一次地不敢置信，一次一次地让我惊叹生命的奇迹。

但是这一次，当B超开始检查我的子宫附件的时候，我就看见婆婆那洋溢着幸福的脸色瞬间暗下来，同时那个B超大夫的眉头也紧紧扭成了一团。她下意识地眯起眼睛，把身子往前探着，似乎都快贴在了屏幕上："我怎么看胎盘的位置有点不对？那个是宫颈吗？怎么离宫颈这么近！"婆婆的声音明显地紧张和急促，因为婆婆退休前也是资深的妇产科大夫，我听着不由得深吸了一口气，又看了看B超大夫。

"确实是很低,哎哟不会吧……?还是叫周大夫来看看吧。"B超大夫有些紧张,她下意识地又使劲用探棒按了按我的肚子,我疼得动了动。

"怎么了?孩子没事吧?"气氛有些紧张,我真的不知道发生了什么。

"孩子没事,就是你可能有点问题。"婆婆继续一边琢磨着一边说。

孩子没事就行,我心想,确信自己真的这样认为,大人能有什么事儿,只要孩子没事儿就好,但后来,周大夫的诊断让我发现连我这样想都是一种奢望。

磊岩在旁边站着,如我一样有些茫然,但他还是很镇定地冲我笑了笑,口气故作轻松地告诉我,"没事儿没事儿!"B超大夫神情严肃地看了看我和婆婆,然后客气地说让我们稍等,她去叫我的主治大夫周大夫。

气氛就在此刻充满了紧张感,我看着黑色的显示屏,那里刚刚还能看见宝宝挥着小手的图像,现在就像个黑洞一样的悬在那,不知道它昭示着什么样的结果。婆婆依旧皱着眉头,磊岩碰了碰婆婆,"妈,这到底怎么了?"婆婆的眉头随即拧成了个疙瘩,像是自言自语地说:"要是前置胎盘就完了!"不知道为什么,我的判断力就仅仅停留在了婆婆刚说的"孩子没事"上了,眼睛依旧盯着那黑屏。这个孩子来得不容易,只要他没事就好。

这孩子来得确实不容易，我和磊岩不属于那种意外怀上宝宝的幸运夫妻，反而是计划了又计划，失败了又提起精神继续播种的努力型，耕耘了一年多，终于有了小小这个宝贝。

就在这时，周大夫推门进来了，B超大夫惶恐地跟在后面。

"我重新看一下。"周大夫也很严肃地说。

B超大夫就重新给我的肚皮上挤上了耦合剂，因为紧张，把探棒放在我肚子上的时候手有点重，没有去看孩子，直接就落在了对应着我的宫口的位置上。

"胎盘位置确实很低，你给我把这个图存好，现在还算孕早期，我们还不能轻易下判断，但愿之后胎盘能够随着子宫变大长上去。"周大夫严肃却也淡定地说，我听着心里面稍稍安慰了一下，起码听到了"但愿"两个字，说明也许情况没有那么坏。

跟着周大夫回到诊室，我赶紧问她："大夫，我这个是什么情况？"

"还不好说，你的胎盘位置很低，已经挡住了宫口，如果情况一直是这样的话，你在孕晚期很有可能会大出血，但是也有一些胎盘位置低的孕妇，在后期随着子宫的增大胎盘就会长上去了，因此我们现在只能诊断你这个是"胎盘低置状态"，还并不能确诊为"前置胎盘"。"

好吧，虽然我觉得周大夫貌似有点咬文嚼字，因为这两个词在我听来好像差不多的意思，不过现在来看好像还没什么事儿，就是还不能确定呗，我一贯心大，这次开始的时候也不例外。

"谢谢大夫，那什么时候能确诊呢？"

"一般是要到孕28周的时候。"

"那我需要注意什么吗？"

"你先不要太紧张，但是你的胎盘位置比较低，自己一定要注意不要有剧烈运动，保持大便通畅，不要下蹲，洗澡的时候时间不要太长，不要用过热的水，尽量不要使腹压增高，比如咳嗽啊大喊之类的。每次孕检我们随时观察着看胎盘的情况，前置胎盘在前期不会有太大的危险，但是你一定要自己注意。"

"哦，好的，谢谢周大夫。"

事后证明，周大夫这是一番宽慰我的话，我天真地认为，只要我按照周大夫的说法去做，就不会有事了。

回到家，闲着的时候我在网上看到了这样对前置胎盘的描述：

胎盘的正常附着处在子宫体部的后壁、前壁或侧壁。如果胎盘附着于子宫下段或覆盖在子宫颈内口处，位置低于胎儿的先露部，称为前置胎盘。前置胎盘是妊娠晚期出血的主要原因之一，为妊娠期的严重并发症。多见于经产妇，尤其是多产妇。

虽然有"严重并发症",我却一直天经地义地相信这样倒霉的事情不会落在我的头上。所以,这样轻心,反而心理准备不足,让我面临现在发生的一切的时候有一些惶恐。

入院后的夜变得那样的短,也那样的让人不安,曾经我每日是多么兴奋地迎接睡觉时光的到来,总觉得有漫漫的夜留给你好好休息和调整,现在的夜晚对于我来说就是浅浅的睡眠,不断地被弄醒,抽血、测体温、换点滴,还有不请自来的宫缩,来一次就会伴着一阵出血,让我一阵阵的心悸。

就这样,我挨过了入院后的第一个夜晚。窗外渐渐放白,医院门口的车水马龙声就渐渐而起,病友们有的已经起来,趿拉着鞋,拖着沉重的肚子洗漱,整理内务。外面传来打饭阿姨的声音:"打饭,打饭!"这嘹亮和无忌惮的声音让病房里显得有了些许的生气。家属们稀稀落落地拿着饭盒,将打饭阿姨围了起来。因为刚刚住进来,我就像一个默默闯进别人生活的窥视者,眼前的一切好像还和我无关。其实是我有些恐惧要面对的生活。这时磊岩走进门来:"睡得好吗?"

我使劲地看着他,好像稍一松懈,他就会从我的视野里消失了一样。这周围的一切都让我觉得陌生和紧张,只有老公是我和曾经的正常生活的唯一维系,我看看他,试着用稀松平常的语气说:

"还行吧。"

"想吃点儿什么,我给你买去。"

"我想喝甜粥。"

"好啊,等会儿啊。"

我使劲儿盯着磊岩的背影,直到从我这样平躺的角度再也看不见他了,才罢休收回视线,顺势也关注起这有点杂乱的产科病房,这屋子里基本上都是便便大肚的孕妇,因为一般都是到了孕晚期,也就是28周之后会发生各种各样的状况。整个怀孕孕期情况最平稳的是3个月后到28周之间,这也是我度过的最幸福的日子。怀孕的时候,肚子越大,动作就会越缓慢,人会变得笨笨的,越发变得可爱,也就会显得比平素平和安详一些。我看着大家缓慢移动着步子,小心翼翼地或站起,或坐下,或扶着床边慢走,或坐在床上静静地看着手机,从她们的脸上看不出病人的愁容,反而是一副宁谧的期待,这也许就是上天赋予母亲的美吧。不一会儿磊岩拎着蔬菜粥进来了,他依然像平日里一样温馨地叫我"媳妇儿",只是在这样的环境里就更让我怀恋起曾经的日子。

"媳妇儿,等着急了吧。"

"还行。挺快的,我愣了一会儿神儿,你就回来了。"

"愣神儿想什么呢?"

"想咱小小会没事儿的。"

"对,别想太多了,你就踏踏实实好好躺着就行,剩下的就交给我吧。"

"老公，你真爷们儿。"

"一会儿查房，家属都得出去等着，你快吃。"

"可是医生不让我起身呀。"

"我喂你。"

我挪了挪笨重的身子，侧过身来，老公用他的大手揭开粥盖儿，拿出勺子，上来就一大口喂到我的嘴边，我努力地立身，那大口的粥就直接顺着我嘴边流了下来。

"呀，对不起，媳妇儿，我不太会喂。"

"谢谢老公，我已经很感动了。你小点儿口。"

磊岩仔细地又盛好一勺，觉得多了，又认真地量了量，学着电视上的样子在嘴边儿吹了吹，摇摇晃晃地喂到我嘴边，我也是对着那小勺子，把嘴张得大大的，勺子进口，他还担心会漏出来，又轻轻地把勺子把扬了扬，至此，我喝到了长大成人后被"喂"的第一口饭，心里酸酸的，也甜甜的。头一次看磊岩被我使唤得忙来忙去，心里有甜蜜也有心疼。

整整躺了一个晚上，没怎么合眼，我已经觉得头有点昏了，脑子里偶尔会冒出工作上的事情，耳朵里时不时地会飘进临床姐妹们的对话：

"你今天有什么检查啊？"

"今天要有个 B 超。"

"你都 34 周了，快熬到头了。"

"是啊,干脆给我剖了得了。我今天就求求大夫,又不让我出院,干脆给我剖了吧。"

我扭身过去看看旁边的姐妹,真心羡慕人家的宝宝已经长到这么大了,而且人家的床铺不是加床,还有自己的小柜子,真让人羡慕。

第三章 保胎

因为前置胎盘需要绝对的卧床，大家只能推着我的病床去门诊楼照B超，我仰着头看着老公和老爸的脸，每过一个坎的时候，老爸就说，慢点儿慢点儿，然后老公就慢慢地先把床的一头抬过去，再轻轻地放下另一头，我只需要乖乖地躺好，保持一个姿势，因为每次的颠簸会引起小小的宫缩，会有小小的出血，这时感觉自己真像一个玻璃人儿，稍一动都不行的。

斯羽摘录

这时，我听到从走廊传来的稀稀落落的脚步声，首先进来的是一个面相有些凶厉的阿姨："家属都出去，一会儿 10 点再进来，查房了啊。"然后就有大夫风风火火地走进来，后面跟着几个小大夫，手里拿着大大的夹子，我这个床位有点儿挡路，就先把大夫挡在了我这。

"你今天得照个 B 超。看看胎儿的情况，你这个月龄太小，只能先保胎看看，看看能不能保住。能保一天是一天，一定不能下床！你自己要注意摸摸胎动，一旦觉得孩子没有动静，赶快叫我们。血还出吗？"

"恩，昨天晚上 10 分钟一次，您现在说话的时候，我还在出，但是没有昨天晚上多了。"我发现自己说话的时候已经比昨天镇定了很多，隐隐约约有一种听从天命的逻辑。

"硫酸镁的浓度会逐渐在你血液里积累，下午再看看。"

然后转身和后面的一个大夫麻利儿地说，那话音像是被甩出来的："硫酸镁还要继续打，连续打不能停，但是要观察有没有中毒反应。从今天下午开始，每日三次胎心监护！下午给打上地塞米松，连续打三针。继续记录出血情况，每日开始记出入量。今天下午把尿管给拔了，太长时间容易尿道感染。"然后就直接转到临床了。

这时我才定睛看到那个努力记下这些的小大夫，就是昨天晚上收我进来的小王大夫。我努力地冲她笑笑，她用拿着笔的手抬了抬眼镜，看出有一丝疲惫，她过来握了握我的手，"加油！"

这个信息量太大了，"保胎""地塞米松""胎心监护"，我缓缓地摸出手机，直接搜索"前置胎盘，保胎"，先大概了解这是个什么状况：

妊娠不足36周，胎儿体重小于2300g，阴道出血量不多，孕妇全身情况好，胎儿存活者，可采取期待疗法。

（1）绝对卧床休息，可给镇静剂，如苯巴比妥或利眠宁或安定口服。

（2）抑制宫缩，舒喘灵2.4mg～4.8mg，4～6小时一次，宫缩停止后给予维持量。

（3）纠正贫血，硫酸亚铁口服，必要时输血。

（4）抗生素（青霉素，先锋霉素）预防感染。

（5）地塞米松肌注或静推，促进胎肺成熟。

（6）严密观察病情，同时进行有关辅助检查，如B超检查、胎儿成熟度检查等，如大量出血、反复出血，酌情终止妊娠。

看来，这就是所谓的保胎了。关键还是要抑制出血，一旦大量出血无法停止，医院也是没有更多办法的，只能终止妊娠。

大夫带领的查班大队伍在每个病床前停留的时间不超过5分钟，然后大部队就拉往其他的病房了，这时一个护工走过来，"你家属呢？"

"都在门口呢，您说我的名字就行。"

不一会儿,老公和老爸就风尘仆仆地进来了。老爸明显是一晚没睡。"爸,你们后来回家没睡会儿?"

"爸哪儿回去了呀,我和爸在电梯间铺了一个大棉被,一晚上守着呢。"老公揉了揉眼睛说,"回家了也睡不踏实。"

因为前置胎盘需要绝对的卧床,大家只能推着我的病床去门诊楼照B超,我仰着头看着老公和老爸的脸,每过一个坎的时候,老爸就说,慢点儿慢点儿,然后老公就慢慢地先把床的一头抬过去,再轻轻地放下另一头,我只需要乖乖地躺好,保持一个姿势,因为每次的颠簸会引起小小的宫缩,会有小小的出血,这时感觉自己真像一个玻璃人儿,稍一动都不行的。

一直看着天花板的变化,不知不觉就被推到了门诊楼的产科诊室,拥挤的产科病房,都是捧着肚子的孕妇,家属们都沿着墙站着,虽然拥挤,但是因为都是孕妇,很安静有序,这也许是产科特有的氛围吧。大家看到我的床进来都自觉地让出了一条窄路通向B超室。然后我们就发现,这病床根本就推不进B超室。

"床不能进来!"里面一个声音说。

"产妇不能下床!"护工阿姨给力。

"那也不行,让家属抬着。"里面的声音,毫不示弱。

幸亏有身强力壮的磊岩,就这样把我从床上抱起来了,他很使劲地抱着我,小心地挪进屋子,我紧紧地抱着他的脖子,不想放开,宽大的病号服在我俩身体之间摩挲着,我怀念家里自己软软的睡衣。

"放这儿吧。"

我被放在了冰凉的床上。

"不行,产妇你再往上点儿。"

于是,我用尽力气,将身子向上挪了挪。B超大夫直接撩起我空荡荡的衣服,将一大堆液体挤在肚皮上,肆意无章法地晕开,然后就开始拿着探头找胎位。

"我是横位。"为了缩短每次找位置的时间,我就这样小心翼翼地提示她。

"多少周了?"

"29周。"我故意保持镇定。

"你的羊水太少了!"略带惊讶的声音。

"孩子也比实际孕周小!"继续惊讶和感叹的声音,让我觉得已经不能比这更糟糕了。

"行了,家属来把她抬走吧。"无表情的声音和面容,"一会儿叫你家属来取结果。"

顾不得多问,其实多问也无益,我们就是她流水线上的一个小部件而已,但是那两句"羊水太少了,孩子小"却让我的心沉重起来,"宝宝,你在里面还好吗?"

已经忘了我是怎么被推回来的了,只记得老爸和老公也是一路无语。我相信,我们都只想着一件事,宝宝是否还好。

回到病房，依旧安静中有着小嘈杂，依旧是孕妇拖着缓缓的脚步慢慢地走来走去，家属的低声细语，此起彼伏的床头铃声，以及不时进来的护士进行各种护理，器具和铁托盘的清碰声。

不久，就听到走廊里一个声音："斯羽的家属，来一下。"

老爸和老公安慰地冲我笑笑："好好躺着，我们先去听听。"

隐隐约约的，我听到医生顿挫的声音，听见家人有点沉重的回应。听见爸爸严肃地说"对对，是是"，一般他总是在很不知所措的时候才会这样；听见婆婆犹豫地说"哦哦，好好"，一般她总是在难过的时候才会这样。

我只得再次自己"普及"，在网上搜索羊水少的描述，看到其实有不少姐妹也有过类似经历，只是我的羊水指标远远低于正常值：

1. 羊膜破裂导致羊水少

2. 胎盘问题导致羊水少

3. 某些疾病因素导致羊水少

4. 双胞胎或多胞胎造成羊水过少

5. 胎儿畸形导致羊水过少

很快，顿挫的声音和家人散去，婆婆和妈妈站在我的床前，无语。

老爸和老公从临床搬了把椅子，坐下。

"怎么了？孩子怎么样？"迫不及待，虽然我并不想听到最后的宣判。

"孩子羊水太少,不排除有畸形的可能……而且从你之前私立医院最后一次产检的病例来看,有一个细指标异常的高,医生觉得孩子可能有问题。就算孩子没有问题,现在你的羊水这么少……孩子也非常危险。"婆婆哽咽了。

只觉得眼泪就这样在我眼眶里翻滚起来,然后暖暖地流下。我伸手摸摸肚子,我知道,我的宝宝在里面呢,好好的,可是也觉得好对不起他。我咬咬牙,让自己不那么激动,平复着声音说:"那医生有什么建议吗?"

"医院的建议是,因为你这个前置胎盘,如果生的话,只能剖腹产,这样会造成子宫永久性的创伤。现在孩子情况不好,而且 29 周也不大,医院说他们有一种技术,可以直接在胎盘上打一个洞,这样保证你的子宫不被损伤,将孩子引产。"婆婆果然是妇产科医生,真的可以非常平实地将这样血淋淋的过程讲出来。

"引产是什么意思?孩子能保住吗?"我只是需要再确定,因为我怎么样都不重要,最重要的是孩子。

"引产的话,孩子就保不住了。"

"妈,这个绝对不行!"

已经不受控制的我,只感觉身体不自觉地颤抖着:"我怎么,怎么能,为了保全子宫,放弃孩子!就算我不在了,就算子宫没了，我也要保住孩子，爸妈，老公，这个坚决不行。孩子一定要保，我也不相信他有问题，他一定是好好的！"

眼泪顺着眼眶，涸湿了枕头，我仰头，看着天花板，我多么希望，我能一直这样看穿过去，看到未来，看到小小健康地诞生，看到他会迈步走路，看到他幸福地享受人生，看到他的奋斗，看到他的努力和勇敢。我希望老天能给我这个机会，我现在什么都做不了，只有坚持。

"孩子，别激动。"爸爸轻轻将手搭在我的腿上，他垂着眼睛，像背出来一样，"我们当然希望，你和孩子都好，但是如果只能选一个的话，我们还是要保你，有你在，有你和磊岩，才有未来，我们才能好，你别多想。再说，现在情况也没那么糟，医生也只是听听我们的意见。"

"爸，我是母亲，我不管医院的什么指标，不管他们的什么先进技术，不管我的子宫有还是没有，我只相信，小小一定能没事儿的，健健康康的。现在请你们尊重我的选择，我要保小小。"

第四章 床上生活

我也不知道磊岩这是安慰我还是什么,他就很自然地捣鼓捣鼓这个,一会儿弄弄那个,嘴里叨叨着。我就这样"静止"地听着,看着我生命中的这个暖男,又像是在旁观着我曾经的生活。

斯羽摘录

在决定了继续保守保胎之后,我终于有了自己的床位,早上听说隔壁三人间一个床位的孕妇生了,那就意味着孕妇需要就此转到新生儿病房和宝宝同住了,心中一阵欢喜啊,我这个加床的床位能有盼头了。

我半眯着躺在床上,婆婆一会儿就去看看,生怕床位被占走了,看着为我忙碌的背影,心里突然觉得好温馨,我这个军人背景、一向雷厉风行、眼睛里容不得沙子的婆婆在我身边一会儿进来一会儿出去,一会儿弄弄我的被子,一会儿又收拾一下垃圾。

在我的小感动还没有完全蔓延开来之前,就有护士叫着我的名字:"斯羽,来,给你换个床位。"

于是家人护士一通折腾,就利索地把我安顿在了一间三人小病房,房间不大,但是明亮,虽然我"占领"的依旧是被幕布隔出的空间,除了天花板和悬挂在头顶上的点滴挂架,也看不到其他的花哨了。

婆婆在给我打水,削水果,一会儿又拎着水壶出去打水了。换了床位,终于有家人能够安坐的地方,尽管只是一个椅子的空间,我们也都觉得很高兴。

婆婆看着我,给我拉了拉被子。

"怎么样,想上厕所吗?"婆婆看起来很轻松,但是我知道她心里很焦急,从入院开始,我已经快两天没有大便了。小便因为之前插着尿管,直接引流了出来,大便就没那么简单了。

"没什么感觉,插着尿管不舒服。"

"嗯,护士说今天就把你的尿管给拔了,但是必须能在半天内有排尿,要不然尿道得不到冲刷,容易发炎。"谢天谢地我有一个妇产科的婆婆,总是能把问题给我解释得明明白白。知道了这些对于我这个信奉知识的小白领来说绝对是服服帖帖的相信,但毕竟是自己身上的事,也觉得事实变得这么冷冰冰的。

"可是拔尿管会不会很疼?"我可真不是撒娇,那插尿管就真的让我觉得又别扭又难受。

"这不算什么。"

"哦。"

一会儿,护士托着托盘进来,给我拉上了帘子:"给你拔尿管。"

我按照婆婆和护士的吩咐听话地摆好姿势,有点儿紧张地攥好拳头,感觉酒精凉凉地滑过。

"好了。"

"啊,这么快。"

"告诉你不算什么吧。"

我就这样开始了必须在床上解大小便的生活。

"有便意吗?"

"没……"

"想小便吗?"

"不想。"

其实我自己也说不清楚到底有没有想大小便的感觉，因为一想起要在床上解决，就顿时没有了感觉。说实话，我可真怀念住院前每天能直立行走完全自理的生活啊。

一个小时之后就真的有护士过来问："有小便吗？"

"还没有，她不太习惯。"一向要强的婆婆确实无奈。

"有大便吗？"护士拿着记录继续问着，我突然就觉得，这么住院绝对是锻炼心智啊，除了身体不得动弹，内心要超级强悍。一个小时的时限，不尿尿就要再次消毒插尿管，不大便就要灌肠，我仿佛看见眼前冒出了一个小小的沙漏，好在沙子漏完会发生什么我还是知道的。

"不行，你今天必须要大便出来。"婆婆使出了她军人的作风，令行禁止，可是用在我这儿确实不行啊。

"大便不行就先小便。小便容易。"

"哦，好啊。"

酝酿酝酿我总算有了点尿意："妈，我想尿尿。"

"好好，稍等啊。"婆婆真的很高兴，也难为家人了，以前每日那么寻常的生活，现在却成了最大的期盼。婆婆给我身子下面垫好了报纸，上面放上了病人专用的便盆，我用扎了吊针儿的双手支撑着我硕大的身子生生躺在了那便盆上，我的天呢，这怎么可能解决得出来呢。婆婆期盼地看着我，我真是无地自容，完全不行。

"妈，还是不行。确实不太习惯。"

"没事儿没事儿,来,妈帮你。"

我有些不好意思,不过也顾不得那么多了,婆婆是医生有经验,我相信并依赖着我的亲人。

"给你点一点热水可以刺激一下。"

婆婆撩开我的被子,用小碗盛好热水,先自己用手试了试,然后轻轻地帮我刺激,貌似真的有些感觉。但是依旧只是有感觉而无法继续。我甚至开始在心里悄悄地怀疑莫非我就此失去这项"本领"了。

这时,一个清厉的声音有些突兀地从床头的喇叭中传来:"11床,小便了吗。"

"还没有,快了。"

我知道那个快了其实是婆婆在安定自己。

在我住院之后,家人就开始排班了,白天是婆婆和妈妈轮流,傍晚的时候,老公磊岩就会过来接班。

整整一天的折腾,我依旧没有成功地排便排尿。婆婆一脸的不高兴已经完全掩盖不住,当她看见老公的时候,有点释然地说:

"得了,交给你了,你家斯羽说什么也解不出来。"

"没事儿没事儿。"磊岩心宽,"再等会儿就行了,您先回去睡觉吧。"

真是感谢老公的心宽,任何事儿在他眼里也就不是什么事儿,这一次的周折住院,现在在他嘴里只被埋怨成不能回家睡他的大床了。

"这个床能禁得住我吗?"磊岩开始安排他自己晚上的生活了,"你手机充完电了没?充完了给我充会儿。"

"哈哈,太好了,你终于不会跟我抢厕所了。"

我也不知道磊岩这是安慰我还是什么,他就很自然地捣鼓捣鼓这个,一会儿弄弄那个,嘴里叨叨着。我就这样"静止"地听着,看着我生命中的这个暖男,又像是在旁观着我曾经的生活。脑子里就突然被牵扯回 6 年前的相遇,当时还是个实习生的我天天跟在磊岩屁股后面奔来跑去,他比我早来公司一年,被领导安排每天带着我熟悉业务。我相信当我看见他的第一眼就喜欢上他了:他穿着淡蓝色的衬衫,站在晨光里等着带我去见客户,我刚下公车,一瞬间,就看傻了。是真的傻了,痴痴地又无耻地想,好纯的男孩啊,我要追他!

说追就追,尽管从来没有这么主动过,我每天看见他就在自己的心里积蓄上小小的力量。我于是开始在同事间透露我的小心意,以便表白的时候让他有个心理准备。

然后,就在一个平凡的晚上,平凡得没有月亮,没有风,可是在我心里却是疾风骤雨的那个傍晚。我在下班前堵住正在收拾东西的磊岩,迅速但是轻轻地亲了他一口……磊岩先是一愣,然后有点紧张地说:"你干吗?"然后是一段冷场。我也不知道该说什么,也不知道这个时候是该去还是该留,我却使劲盯着他的眼睛，捕捉里面是否有丝毫笑意。可是，磊岩果真是第一次，他甚至有点无助地盯着我。我再也承受不住了，心中鼓起的勇气全然消散，一溜烟儿地跑出了公司大门。

缓缓地，我在楼下徘徊，因为磊岩一直都没有出来。我在想，是不是我吓着他了，可是还是不甘心，我还是好喜欢他。虽然从来没有追求过男生，没有什么经验，我还是决定最后一搏，就算他不喜欢我，我也死心了！于是我掏出手机，一字一句地写下"我喜欢你"，毫不犹豫地发了出去。

大约5分钟后，手机屏亮，那短信我永远留着："我感受到了，我也喜欢你。"

接着，我俩的小幸福就来到了。磊岩从来没有谈过女朋友，所以也不会说女孩子爱听的话，从开始就实实在在地没有伪装，我俩顺理成章地相爱、结婚，我照顾他，他疼我，我们都爱着我们的小日子。直到宝宝的到来，我们都依旧顺理成章地认为，我们的日子会一直这样下去。

这时，磊岩正抱着一本小说坐在我身边，没有什么甜言蜜语，他看得很认真，突然抬眼看见我在望着他，就刮了一下我的鼻子说：

"你是不是白天睡多了，这么大精神头。"

"你说我怎么这么倒霉。"

"有什么倒霉的，咱们一直都挺顺的，这就算老天给我们的一个坎，过去就好了。"

"好，老公你真好。不过话说回来，我今天真是折腾了一整天。妈白天一直让我使劲儿，可是妈在旁边我真的不行。"

"老公在旁边呢？"

"那你陪着我，我试试哈。"

老公扭过他厚实的肩膀，给我身下铺好了报纸，然后给我拉好帘子，就又像什么都没有发生过继续看他的小说。我突然心中倍感轻松，也许是心理作用，也许是护士给用的增强胃动力的果胶起了作用，我成功了。

"嘿嘿……"我在床上坏笑。

"我已经闻见了，臭姑娘。"

"快点儿快点儿伺候本姑娘。"

磊岩高兴地放下书，有点儿手忙脚乱，但是我看得出他心里的欢快。收拾妥当后，他立马给婆婆打了个电话："你们到家了吗？"

"到家了，行了吗？"不用多说，婆婆一直惦记着我这个有没有成功。

"我出马，没问题啊！"

收拾妥当，老公痴痴地盯着我，看着我手上七零八落的点滴管子："老婆，你受苦了。"

"没事儿，只要小小能一切都好，我这不算什么。"

第五章 纠结的胎心监护

胎心监护一般是用来评估胎儿宫内的状况的主要监测手段。监控的屏幕上一般分为两个部分，主要是两条线，上面一条是胎心率，正常情况下波动在120至160之间。下面一条表示宫内压力，只要在宫缩时就会增高，随后会保持20mmHg左右。因为我在24小时不间断地点滴硫酸镁来抑制宫缩，所以现在宫缩曲线还是比较平稳的，基本上没有大的宫缩。但是，上面的胎心率曲线却也同样平稳，一般来说，在出现胎动时心率会上升，出现一个向上的突起的曲线，胎动结束后会慢慢下降，正常的曲线呈现平稳但是有3~5个突起，按照医生的话说，这可以反映出婴儿心脏的能力，但是我的胎心曲线却如宫缩曲线一样平稳。

斯羽摘录

从入院起的每天有一个必修课程，就是胎心监护，一般这个至少要由实习医生来做，像我这种据说是一级护理的病人，每天早上、下午、晚上各一次，每次持续近半个小时，这个时候，肚子上会被绑上两个圆圆的探圈，所连接的机器上显示着宝宝的心跳以及宫缩的曲线图，每次都尽量不要动，尤其是像我这种宝宝位置不好，稍微一动就找不到胎位了。

在入院的第二天，有了自己的床铺，按照医生的说法，我的血液中抑制宫缩的硫酸镁的浓度增加后，出血也渐渐减少了，在顺利排便后，我保胎的日子貌似开始平静一些了，但是现在，我却开始关注起我这个情况并不太好的胎心监护了。所谓人无远虑必有近忧，在出血减少引产风险降低的时候，我的心开始被那小小的胎心监护仪牵动起来。

胎心监护一般是用来评估胎儿宫内的状况的主要监测手段。监控的屏幕上一般分为两个部分，主要是两条线，上面一条是胎心率，正常情况下波动在 120 至 160 之间。下面一条表示宫内压力，只要在宫缩时就会增高，随后会保持 20mmHg 左右。因为我在 24 小时不间断地点滴硫酸镁来抑制宫缩，所以现在宫缩曲线还是比较平稳的，基本上没有大的宫缩。但是，上面的胎心率曲线却也同样平稳，一般来说，在出现胎动时心率会上升，出现一个向上的突起的曲线，胎动结束后会慢慢下降，正常的曲线呈现平稳但是有 3~5 个突起，按照医生的话说，这可以反映出婴儿心脏的能力，但是我的胎心曲线却如宫缩曲线一样平稳。

每次胎心监护之后，胎心监控仪就会自动打出一条像我们做心电图时候那样的单子，医生会自己看过后，放到病例中，每次临床的病友做完后都会获得"嗯，胎心跳得不错"的表扬，而到我这儿，我总是要面对医生紧皱的眉头，质疑地嘟囔："你这个怎么这样，一点儿波动都没有。"

第一次第二次的时候，因为我的身体情况不稳定，这些貌似都不能够触发我的神经，在入院第二天，面对不下5次的质疑后，我开始有点不踏实了，此时，我那个要强的婆婆也被这胎心监护搞得有些烦躁。

"怎么不好了，我们这不是跳得挺好。"婆婆开始挑战医生

"但是你看，这曲线没有什么突起，说明孩子的胎动很少。"医生开始捍卫自己的权威。

"那我们孩子困了，正睡觉呢。再说了，以前我们当医生那会儿也没有什么胎心监护，孩子照样都好好的，现在有了这个，反而弄得人心烦不宁，也影响孕妇的心情啊，我们能不能不做这个了。"

"这个我说了不算，是主治大夫的要求。"因为做胎心监护的大夫都是实习医生，被婆婆挑战得够呛。

"那麻烦帮我们问问大夫，看看这个要不要紧吧。"婆婆不依不饶，小医生怏怏不快地走了。

"不会有什么问题吧。"我还是有点担心。

正说着,刚才那个小大夫又推着胎心监护仪进来了:"大夫说了,做一个时间长一点的。"

"为什么呀?"我有点儿紧张。

"大夫一会儿过来看。"小大夫说完,头也没回,转身就出去了。

好吧,这就意味着我要一个姿势静止40分钟,一堂课的时间啊,曾经多少次在上班累得快坚持不住的时候"畅想"有一天能躺在床上,什么都不用干,什么都不用管,如今这日子真到了,我又矫情地羡慕起眼前忙碌着的护士和小医生了,他们多好,能利利索索地想去哪儿就去哪儿,我却只能躺在这里,还不能动弹。

但是最崩溃的是我对于这胎心监护的恐惧,我的眼睛使劲地盯着屏幕,还有断断续续传出来的心电图记录,就期待着能有那么一个突起,让我安心一下,可是确实,胎心曲线相当平稳,而且我反而觉得,我的精神越紧张,胎心的波动就越小,渐渐地我开始觉得那有规律的胎心声也越来越大,越来越大,我好像神经和肌肉都紧绷了起来。不自觉地挪了下身子,胎心就找不到了,婆婆赶紧上来,在我肚子上一通找,然后让我用手按着,生怕影响了结果。

40分钟好长,在纠结了一通、各种调整、各种看曲线、各种紧张担心之后，我开始努力地尝试让自己平静一些，试着不去想任何结果，也不去做任何比较了。于是那通通的心跳声变成了我和宝宝之间的对话，至少我能清楚地听见他的心跳，至少此刻我们是在一起的。

其实，就算不好，我也已经决定一直怀到宝宝自己要出来的时候，除非相当危险，绝对不让宝宝出来，更不会引产。那就一切听从天命好了，把这胎心监控当作每日的功课或者说是修炼好了。有的时候，把一些事情交给冥冥之中的安排，是一种让自己放松的想法。

就这样挨到了 40 分钟，我有一种八百米跑到终点的感觉，释然地按响床头铃，"11 床胎心监护好了！"

婆婆已经迫不及待地自己看上了机器打出来的结果，然后皱着眉头说："咱也不太会看，没什么大突起啊。"

不一会儿，我的主治大夫急匆匆地走进来，后面跟着刚才那个小大夫："来，给我看看。"

她拿过来，捋着看了一遍，没什么表情地说："30 周的胎心也就是这样了，只不过这个确实比较平，过两天周数大一点还是要再看看曲线情况。每天按时间做，现在确实做这个有点早，其实重要的是看有没有胎心。"我也不太确定她这是在和谁说，只是见那个小大夫在不住地点头不住地记。

然后，她走近我，摸摸我的肚子，看着我坚定地说："斯羽是个好同志，孩子太小，你要加油，多吃点，让孩子多长长，还要观察孩子的胎动。"

我使劲地点头，这话每一个字都进到心底，虽然很短，但是真的滋润了我那岌岌可危的小神经。

医生走后，我又开始琢磨，为什么还要看胎心呢。唉，也是，宝宝羊水少，生长速度减慢的原因依旧还是没有找到，医生依旧担心孩子的成活问题，宫内的情况依旧未知，出血减少只能说明没有紧急的危险，但一切都还不太确定，随时有可能出危险，我们只能撑过一天是一天了。

在折腾了一下午的胎心监护之后，我开始觉得胸口有些发胀发酸的感觉，身上又一阵阵发冷。婆婆在准备和老公交班，这是一个周五的傍晚，我听见外面护士长开始和护士们介绍每一个床的情况，周末会有值班医护人员，我暗暗地感觉有些不安。

不一会儿老公就拎着他的杂志和水杯晃进来了，我觉得胸口更加地发堵，身上更加地发冷。

"媳妇儿，今儿好吗？"

"今儿又折腾了一天，医生说咱宝宝胎心监护不是很好。"

"那怎么办？"

"就这么办呗。"

"对，媳妇，怎么说你也是又为咱宝宝争取了一天。媳妇你真棒。你看，今天宝宝就30周了，还是要庆祝一下的，来，老公亲一口。"

"磊岩你真好,可是我现在怎么感觉有点儿不对劲呢。身上发冷,你给我把棉衣盖上,我还有点儿上不来气。"

"媳妇你别吓唬我。你可不能生病啊。"

"没事儿,我可能是下午胎心监护总撩开衣服着凉了吧,让我安静地躺一会儿。"

虽然这么说,可是我依旧感觉情况不妙,每一次呼吸就伴随着肺部丝丝的发酸发疼,换了几个姿势可还是觉得喘不上气,被窝里已经很热了,但是我还是觉得阵阵发凉,脑门和脸颊开始发热,顺势到了脖子,开始觉得有些心慌心悸。

我使劲地闭着眼睛,使劲地不去多想,可是,我发现自己开始发抖了。看看表,现在是晚上8点半。

"不行,老公,我可能发烧了。"

磊岩用他胖乎乎的手盖在我的额头上,脸上抑制不住地有些焦急,他压低声音有些无奈地说:"是,烧着呢。我去叫护士先试试表吧。"

"好,你快点儿回来。"

老公一会儿轻轻地走进来,帮我夹好了温度计,然后搓着手坐在我身边。

这时又晃进来一个不认识的实习医生:"发烧吗?"

老公听话地帮我去拿体温计,那水银柱已经赫然越过了39

度的银线。

"发烧了,那你要做一下胎心监护。"实习医生转身出去,不一会儿又推来了那机器。

"不做了行吗,我特别冷。"其实,我这个时候就只想安静地躺会。"两天都没睡好,我想歇歇。"

"不行,得确定胎儿的状况。"

无奈,我今天就被第四次地掀开衣服,在肚皮上挤上冰凉的耦合剂,小护士开始在我烧得滚烫的肚子上探找胎心,在尝试了好几个位置之后,她有些慌乱地说:"不对啊,你的胎心呢?怎么找不到胎儿的胎心呢?"

第六章 无能的力量

尽管我知道医生说的是实话,但是我依旧讨厌这种冷冰冰居高临下的口吻。也许是因为持续的折腾,也许是因为心情不好,我已经觉得有一些上不来气了,而且体温也并没有要降下来的感觉,心跳很快,由于情况越来越不好,我开始担心孩子,越是担心,心里越堵得慌,我觉得自己真的快要崩溃了。

斯羽摘录

来做胎心监护的不认识的小大夫,在我的肚子上摸了一通后,带着有些怀疑和恐惧的眼神,丢下一句话"怎么回事?"然后就转身跑了出去,留下我就这样被晾在床上,来不及琢磨,但是感觉气氛有些紧张,我虽然潜意识里一直相信小小吉人天相,一定没事的,但是,就在这一次一次被质疑后,我也有些恐惧起来。

不一会儿又进来了另一个看似年纪也不算太大的大夫,我有点诧异,第一天晚上收我住院的小王大夫在昨天早上晃了一下之后就再也没见了。两个大夫一通摸,一通找,最后激动地说:"找到了。"屏幕上赫然开始显示着一个 130 的心跳。

我看得却又有些诧异:"不对啊,我宝宝的心跳一直是 140 到 150 啊。"

"孩子的心跳 120 到 160 都算正常。"小大夫斩钉截铁地说。

"可是,我怎么觉得这 130 是我的心跳啊。我这半天开始一直觉得有些心慌。"

两个小大夫相觑了一下,然后其中一个摸了下我的脉搏,仔细地按着,然后有些失望地说:"哎,这 130 确实是大人的心率。"

"大人心率这么快!还是叫值班大夫吧。"

好吧,我有些无奈,这么折腾了一通,宝宝的心跳依旧还是没有找到,我被折腾得更加发虚了。

两个大夫出去之后，外面就此起彼伏地传来了各种声音，让人听得一阵阵发悸：

"11床发高烧。"

"胎心监护有问题。"

"孕妇心率快。"

"先胎心监护，再量血压！"

然后就是几个护士进来，后面跟着一个大大夫和两个实习大夫。我就像一个待宰割的小羊，对即将到来的一切全然无措。大大夫在我肚子上前后左右地按，然后似乎摸到了宝宝的头，顺着找到了胎心，我的心也安定了些，至少宝宝还在。但是，胎心监护的数字让所有人惊诧，宝宝的胎心已经在180了。

此时，血压仪显示，我的血压已经升高到了160。

"孕妇身体情况不太好，胎儿的状况也很危险，胎心已到180！"

医生的表情立刻变得很严肃。然后转身出去留下我，一分钟后又拽进来了一个男医生，好吧，这是要会诊的节奏。"病人家属，就你一个人吗？你是病人的老公？"

磊岩被搞得紧张地站起来："我是她老公，她情况不好吗？"

"我们还说不好，最好把你们家人都叫过来。"

气氛顿时就不对了，我也根本就不能静静地歇一会儿了。虽然我心里相信，我没事儿，在家里着凉了，累了的时候也会发烧,然后就自己抱着被子,多喝水,睡上一大觉,第二天就好了,只是现在不是我一个人,还有宝宝和我一起。看着这些陌生的面孔,我有些无奈地说:"我的主治大夫和小王医生应该比较清楚我的情况,现在我就是觉得有点累,能不能让我歇一下。"

"这个不是你说了算,江大夫周末休息,我们来处理你的情况。因为现在你在发烧,血压又高,有子痫的风险,孩子情况不好,我们要做好随时剖宫的准备。"

什么,又是剖宫,我心里火冒三丈,就算剖宫是最后的手段,但也不能什么努力都不做就这样直来直去啊。"我要保孩子,不剖宫不行吗?"

"孕妇,你不要意气用事,这些我们都左右不了。"新进来的男医生说。

尽管我知道医生说的是实话,但是我依旧讨厌这种冷冰冰居高临下的口吻。也许是因为持续的折腾,也许是因为心情不好,我已经觉得有一些上不来气了,而且体温也并没有要降下来的感觉,心跳很快,由于情况越来越不好,我开始担心孩子,越是担心,心里越堵得慌,我觉得自己真的快要崩溃了。

磊岩一直坐在旁边,紧张却又无奈地看着所发生的一切,他只能一直拉着我的手:"媳妇,坚持住。"

"老公,我想回家,我不想住院了,本来我好好的,怎么一住院,什么事儿都来了!老公你带我和宝宝回家吧。"哭不出来,可是那种无能为力的感觉已经让我崩溃了。"我不想在这儿等着被冷冰冰地开刀,我回家好好睡一觉,就都好了。"

"媳妇,没事儿啊没事儿啊,医生也都是为你和孩子好,该说的人家得说啊,这是人家的职责,不用太较真。"

老公这样说,我也不能再矫情什么,只能努力让自己平静,可是我根本无法做到,无法做到洒脱,无法做到这一切和我无关,我反而更加担心,更加不安,因为完全失控了。"老公,你抱抱我吧。"磊岩靠过来,轻轻地伏在我身上,他把头放在我胸口,安安静静的,我们暖暖地抱着,我的泪就又流下来了,此时此刻,这长长的拥抱并不是幸福的感觉,而是依靠,是一种慰藉。

截至目前,因为无法判断我发烧的原因,所以也没有任何的治疗手段,大夫们都已经离开,说是要等家属来再做决定。我看看表,已经晚上 10 点半了。这时我隐约听见外面家人匆匆的脚步声,婆婆风风火火的声音:"怎么回事,怎么又发烧了,真是的,走的时候还好好的。"走到门口的时候,被大夫拦住,"现在什么情况?"婆婆问。

"孕妇一直发烧,如果情况这样下去的话,可能要考虑剖宫。目前我们怀疑可能是有感染,但是没有确定是哪里,病人说胸口憋闷、心慌,不排除心脏或者肺部的问题。我们的方案是先做心电图看一下确定一下,有可能的话需要做 X 光,看看是不是有肺部感染。"医生一长串的机械回应像是已经准备好了的代码一样,一贯而出毫不留情。

"基本上就是排除法?"婆婆又一针见血。

"对,不过是有针对性的,如果能明确病因,就能有消炎的办法。"

"好吧,那先心电图看看吧,X光我们还是不太同意做,对孩子不好吧。"

"家属同意的话,我们现在就从内科调配医生过来给孕妇做检查。"

过了大约半个小时的时间,有一个老大夫推着一台机器进来,说是要给我确诊一下心脏有没有问题,这个时候的我已经是半麻木的状态,只想好守住一个底线,只要孩子状况正常,我就坚决不剖宫。老大夫淡然地给我做着检查,然后慢慢地收起听诊器说:"心脏没事。"

还好,不过检查还需要继续。两个大夫直接转向婆婆和磊岩:"看来需要确认,是不是肺炎。家属考虑一下是否需要做X光检查。"

"我不做!X光对宝宝不好!"我真的受不了了,尽管我不清楚医院的立场,可是我真的觉得受够了,"冲我来就行了,干吗还要伤害宝宝!"

磊岩捏捏我:"你别激动,这说的什么话。"

"说不做，就不做，我要回家！这什么治疗啊，我都说了，我睡一觉就好了！"

"不行，你在医院呢，就要相信医院，媳妇，别这样。"磊岩无奈地说，可是我看到他的脸也憋得红红的。委屈、愤懑、无奈，我本来憋闷的胸口就觉得更加上不来气，于是开始大口地喘气。

医生先是完全无视我的崩溃，现在看到我这种状态，立刻扭头对外吩咐："护士长，来给 11 床测一下她的血氧饱和度。"

护士过来，拿着一个针头，谢谢她还告诉我："测血氧饱和度是直接取动脉血，会很疼，你忍一下。"我默默地闭上眼睛，不知道该怎么回应好，但至少她能告诉我将要发生的事情。只觉得手腕刺痛，然后听见护士的声音："呀，没扎到。"于是，再来，再刺痛，更猛烈的痛，我不自觉地皱紧了眉头。一会儿，听到护士宣判："血氧饱和偏低。"

"多少？"

"84。"

医生非常自信地点了点头，转身对婆婆说："一般血氧饱和度都会在 100 左右，90 以上算是正常的。但是她这个情况很有可能是肺部的问题，我们必须确诊，然后进行消炎处理，她现在血氧饱和度低，胎儿很有可能会缺氧，在你们确认之前，我们需要持续进行胎心监护，并且病人需要 24 小时吸氧，保证血氧饱和度在 90 以上才可以。X 片子我们的意见是你们必须要做，否则我们没法处理，从妇产科的角度上看，这个月龄段，做 X 光的问题不大。但是如果因为没有确诊，持续高烧出了其他问题，这个责任需要你们家属承担。所以，你们不要考虑太久。"

这算是威胁吗，在我看来算是了，也许只是我看到了生活冷酷的一面而已。

婆婆毕竟是医生，现在只有她非常镇定，而且居然想起，我血压的问题还没有解决："那血压高的问题是不是发烧带起来的。"

"说不好，孕妇现在整体情况都不是很好，我们需要尽快确诊，然后才能出来治疗方案，你们家属尽快决定吧。"

现在，我心中只有一个念想，绝望。虽无力抗争，但是我还要坚守小小，这是一种无能的力量。

第七章 接受的安定

于是，一切都安静了，我也安安静静地坐着，好像入定了一样，我小心地呼吸着，小心地转转头，看看很快就睡着了的磊岩，静静听着外面的声音，就像我刚刚入院的时候一样。因为发烧，我还是有一些冷，我慢慢地用牵着点滴的手把被子往上拉了拉，本来我还打算再捋捋思路，琢磨琢磨我目前的状况，可是刚想到肺炎的事，我就放弃了，我无法像之前上班的时候那样，在事件发生时女汉子般地迅速捋清事端前后，一切缘由，然后找出问题，努力地去各个击破，我现在确实没有那个能量，没有那份精力了，我只能接受所有已经发生的一切，以及即将发生的一切，当我发现我毫无选择地决定接受之后，我就释然了。

斯羽摘录

事已至此，我争取在一切发生之前厘清思路，目前首要的任务应该是控制住体温，否则可能真的如医生所说，因为发烧我全身的机能都不是很正常，宝宝在肚子里随时有可能发生危险，而我现在胎盘前置出血未止，子痫前期，胎儿发育缓慢，羊水少，这些基本的情况都不乐观。那么如果不能控制住现在的状况，之后要发生什么，就不敢设想了。

子痫前期，又是一个新名字和我关联上了，说白了就是高血压，但是按照医生的说法，有可能会发展成子痫，而子痫的表现形式多样，在高血压的基础上还会出现大面积的浮肿和无法解释的抽搐，是妊娠期高血压疾病的五种状况之一。

子痫可以发生在产前、产时、产后等不同时间，不典型的子痫还可发生于妊娠20周以前。子痫仍然是世界范围内构成孕产妇生命威胁的常见疾病，在发达国家，子痫发病率大约平均1/2000次分娩；子痫患者的死亡率约1%。一般来说，孕期子痫若发展较快，也需要采用剖宫产。

这时，婆婆正在给周大夫打电话，她"好好好、嗯嗯嗯"了一阵之后，走过来看看我和磊岩，认真地说："现在也只能做了，周大夫的意思也是说，斯羽现在是孕晚期，只要保护措施得当，应该问题不大，X光对胚胎的影响比较明显，所以，在怀孕前3个月的时候是一定要避免的，现在必须要做的话，可以接受吧。"

尽管我依旧非常不想做X光的肺部检查，可是两害相权取其轻，如果能够确诊，并采取对症的方案，我和小小还能在一起多一段时光。

在决定了之后，几个好心的小护士就拿着棉被把我包裹了起来，头上又给我戴上了帽子，嘴上戴上了口罩，我就在层层的包裹中露出眼睛，继续看着属于我的那个角度的天花板、门框，然后是电梯间，然后是一楼的阵阵凉气，我有些发冷，心里因为没了期待，所以也很淡定，我现在只希望我们能好好地活下去。

到了X光室，我被大家轻轻地抬了下来，因为必须要直立着进行X光拍片照射，我好几天没着地的双脚就着着实实地站在地上了，一瞬间，尽管我真的感觉到双腿有些发软，真的站立不住，但是，却也有一种从脚心蹿到头顶的自发的喜悦，我又能站着了，能走路，这是多么幸福的一件事！

人有时候的需求就是这么的简单，这些生活中的小瞬间此刻对我来说都那么的珍贵，我小心翼翼地一步步迈着步子，因为腿软，迈上那X光室检查台的时候，我紧紧抓住旁边的扶手，自由支配身体的感觉竟然让我获得了一丝对生活的信心，但是当那机器对准我的胸口的时候，我下意识地扶好了挡在肚子上的铅罩，这也是我现在唯一能做的事情。

X光片子的结果出来，不出所料，我的肺部肿大而且肺部有阴影，当值班的两位医生看到我的片子的时候，非常得意地说，"你看，我们说就是肺炎吧。"

在我被推回来的时候，夜已经很深了，病房的灯已经熄灭，在我被推进去安顿好之后，磊岩又被叫出去了，治疗方案已经拟定好，为了控制住炎症，需要给我上消炎药了，这也有可能给胎儿造成潜在的影响，目前选择的是对胎儿最无害的消炎药，我所能做的也只有接受的份儿了。

很快，就有护士过来给我加上了点滴，现在我的两只手上都"布"上了线，我开玩笑地和老公说："大宝儿，我现在是你的木偶娃娃，怎么也跑不掉了。"

因为肺炎，我的血氧饱和度依旧非常低，按照医生的要求，我必须在这个阶段保持 24 小时吸氧，以保证胎儿的血氧，按照婆婆的话说，你这不是为了你自己，而是为了小小。不过吸氧一定也是现在短期的方式，因为如果孕妇过于依赖吸氧，而且量比较大的话，有可能会对胎儿的视网膜产生不良影响，曾经有新生儿因此而失明。所以，孕妇只有在缺氧情况严重时才吸，一次吸 20 到 30 分钟足够了，一天应该最多吸氧两次。我暗下决心，等烧退了，就要求大夫把这种口罩式的密集吸氧停掉。

因为我的肺部有浮肿，而且肚子里的宝宝也会挤压一部分内脏的空间，只要一躺下，我就会感觉极度的憋气，再戴上氧气罩，就更加无法呼吸了，所以，在护士给我打完点滴后，我自作主张，自己第一次撑着身子坐了起来。

磊岩洗漱回来，看见我坐在床上，有些惊讶，又有些担心：

"老婆，不能坐啊，医生不是说，你要绝对的平躺吗？"

"我知道啊，可是现在也只能一个问题一个问题地解决了，目前基本上没有出血了，可是我觉得特别憋气，躺着的话根本没法呼吸，坐起来还觉得稍微好一些，呼吸和心情都能够稍微平稳一些。"

磊岩看懂我的无奈，他轻轻地安慰地笑着："好吧，你觉得怎么好就怎么好，媳妇，我都心疼了，这么折腾你，不过，我们又坚持了一天，今天小小已经 30 周了。"

"说实话，我也不知道能坚持多久，但是我一定会坚持的。现在只能学着接受，反正已经这样了，我们就过好每一天，每一个小时。"

"嗯，媳妇儿说得对。"老公扭头看看墙上挂着的钟表，这一通折腾后，现在已经是凌晨 1 点钟了，"既然坐起来了，那老公给你擦把脸吧。"

老公蹑手蹑脚地走到洗漱间，拿回来一块暖暖乎乎的毛巾，蒙在我的脸上，我深深地吸了一口气，闻着毛巾上的香皂香气，那种熟悉的生活的味道让我心里有一丝丝的安定。"家的感觉啊，谢谢大宝儿。"

"舒服吧。好了，别多说话了，好不容易消停了，戴上你的氧气罩，还发烧吗？"

"嗯，还热着，但是静下来觉得好一些了。"

"那我先睡了，媳妇儿，你能睡也睡一会儿吧。"

"好，大宝儿晚安。"

于是，一切都安静了，我也安安静静地坐着，好像入定了一样，我小心地呼吸着，小心地转转头，看看很快就睡着了的磊岩，静静听着外面的声音，就像我刚刚入院的时候一样。因为发烧，我还是有一些冷，我慢慢地用牵着点滴的手把被子往上拉了拉，本来我还打算再捋捋思路，琢磨琢磨我目前的状况，可是刚想到肺炎的事，我就放弃了，我无法像之前上班的时候那样，在事件发生时女汉子般地迅速捋清事端前后，一切缘由，然后找出问题，努力地去各个击破，我现在确实没有那个能量，没有那份精力了，我只能接受所有已经发生的一切，以及即将发生的一切，当我发现我毫无选择地决定接受之后，我就释然了。

这样，我慢慢地感觉到了什么是当下，我感谢这夜的安静，我也隐隐约约感觉到，该和过去的自己说再见了。工作，曾经我视如生命的职场，加班、涨薪、升职、内斗、被人算计，挺着大肚子在地铁上做投资模型，怀着孕还赶 Deadline 给美国发邮件，CFO 一句话就奉为圣旨一样地加班加点。我看见那个在投资圈穿梭的小身影，那个为了一两个点的估值和审计吵到天黑的小经理，不顾在门口车里等着接我的磊岩，在公司搭建基金分配模型一干就到凌晨的工作狂。我看清了我周围的喋喋不休经常电话追杀的领导，谄媚的美眉，我看到那个不得不在领导面前卑躬屈膝的斯羽，现在，我真的已经不忍再看了。

我下意识地直了直腰板，轻轻地捂住脸，过去我的职场生活，在现在的我看来是那么的可笑，尽管曾经的身在其中身不由己，这些都是理由吧。如今，这一切都感觉离我那么的遥远，就像是另一个世界另一个时空上演的闹剧，另一个世界的我，一个舞者，一个小丑。感动于下属的拎包，上司的一句肯定也可以让内心波涛汹涌。好吧，请这一切，都消散吧，我不要这样的生活，自此永远不要。于是，过去的职场生活在我的记忆里，就有了一种定格和戛然而止的感觉。

静静的我看着点滴一滴滴地落下，一滴滴地进入血管，我觉得像是洗遍了我的身心，曾经以被称作工作狂为荣，怀着孕被上司拉着开会一下子就是十几个小时，还颇有成就感。因为付出，所以又会更有所期待，就是那样的一个循环。

现在才觉得，一切都是那么的不值得，这种小白领的工作状态在我看来再也不是某种寄托，某种象征，仅是曾经应该珍惜的成长，但更需要明白，选择永远在自己手上，就让我告别一段喧杂，谢谢小小给了我安静下来的机会。

于是，我开始想，如果老天爷能给我这个机会，让我能重拾生活，更幸运的是能够有选择的自由，我定会努力做一个安定的、有力量的妈妈，永远有办法、有希望和追求、有生活的掌控力、有感恩的心。

这样想着，我就莫名地开始期待，那不知道是否可及的未来。

第八章 好好活着

于是我决心面对现实，琢磨我的下一个阶段的小目标和小期待，据说，在这里住院的每周一，护士都会给病人洗头，于是，我开始计划着为自己争取下一次洗头的机会了，就这样，在我内心决定了接受之后，我发现，之后一两天的日子真的开始有那么一点点的顺心了！

斯羽摘录

话说在我折腾大小便的时候，临床的姐姐却在经历着生离死别，在这样一个夜晚，我仍能听见她在床上发出的低声呻吟，人总是过度关注自己的状态和不幸。

直到第二天早上，临床姐姐的母亲走过来和我妈妈说："你家孩子怎么了？不论如何，都要坚持。"然后又冲着我鼓劲儿地笑了笑。这时我正斜躺在床上，因为用了强力的消炎药，发烧的症状已经消退了，但是依旧呼吸困难，鼻子里有大大的血块，而且血压还很不平稳。妈妈看了看我："我们这个情况比较复杂，您闺女怎么了？"

"哎，我们这个呀。"阿姨刚要张口，又走过去，看看她闺女还睡着，才转过头来继续和妈妈聊，"我闺女不容易啊，住院的时候还是两个宝宝在肚子里，生出来有一个就死掉了，兄弟俩啊，只剩下一个，现在在保温箱呢，3斤4两。你们住到这屋里的时候我姑娘刚生完，没有多余床位，就也没转到楼上产科，这两天她情绪也不是很好，奶刚下来，也不多。"

我想，我能够理解一些临床姐姐现在的心情，两个宝宝，生出来的时候却走了一个，尽管未曾见面，但从宝宝着床，到每一次的产检，到16周就有胎动后和宝宝每日的交流，再到之后的大排畸B超能够看见肚子里宝宝的样子，总是饿，总是想着宝宝，那种时时刻刻母子连心的感觉，在宝宝出生的时候却断掉了，这是怎样的痛啊。想着她，我很想去安慰安慰，可是也不知道说些什么好。

"那,你们是为什么住院的?"妈妈继续关切地问。

"我女儿高血压,子痫,对。她后来就总抽,那天抽的时候就提早破水了,没办法,只能赶快生了。"

临床姐姐在床上翻了个身:"妈,你又在说什么呢?"

姐姐妈妈赶快走过去:"我和11床的妈妈聊聊天,大家都不容易。"

隔着帘子看临床的一家,他们依旧忙碌着,照顾产妇,打饭,如果没有聊过,在外界看来,这是多么平凡的一天,多么平凡忙碌的生活,女儿安静地躺着,妈妈陪在她身边,女婿过来后,三个人低声轻语宝宝的情况,一切都那么的自然,又那么的不平凡,让旁观的人不禁为之内心震动。

人,有的时候就是活一种精气神,一种气场,一种力量。

于是就在那一闪念间,我决定了,不管现实如何,我都要精精神神地过日子。

我求磊岩把我摇起来一些,这样我就能够坐立着,慢慢地,换个角度去看这个世界的时候,觉得世界顿时亮了:当老公把我摇起来的时候,我用一只牵着点滴的手撑住身子,另一只手捋捋那么多天塌着的头发,然后转了转头,觉得确实有点晕,真的是躺得太久了。我努力地往门口望了望,看到了忙碌的护士站和抱着肚子来回"游走"的孕妇,早上来量体温的护士进来,看着我眼睛亮了一下："看你气色好多了！"

其实，尽管体温已经降下来了，但是我依旧身体发虚，感觉上身很沉很沉，头发因为很久没有洗所以黏在了一起，我的脸上依旧被要求扣着补氧的面罩。现在，我的胳膊上又被绑上了监控血压的仪器，因为我的血压依旧不是十分的稳定，我依旧不能够下床，胎心监护依旧不好，只是，我已经想好了，不能就这样下去了，就算一切都不好，我也要好好活着，好好地过我的日子。

我从来没有像现在这般意识到精神的力量，而且你的精神和姿态一定是相互而生的，就像人有的时候挺直腰板走路，就油然而生的一种傲骄感，此刻我也觉得仿佛我又回到了正常的生活一般。

这时一个年轻大夫走进来，看见我就说："你是那个胎盘前置的？快点平躺，你这样向下的压力太大，后果自负！"

无奈躺下，我继续望着那再也熟悉不过的天花板和几个吊瓶发呆，此前忙碌的生活中我不止一次地想，什么时候能让我整天躺着，什么都不用干该多好，现在好了，终于可以如愿以偿了，却也发现，久卧并不是一件舒服的事情，而且真的越躺越容易出毛病，基本上没有什么食欲，四肢无力，而且一个姿势躺久了，就觉得浑身疼，不那么自在。

我开始羡慕走来走去的护士，扎着整洁盘发的护士长，每天风风火火的大夫们，跟在大大夫身后、抱着病理认真做笔记的实习医生们。我开始盘算着等我好了，等一切都结束的时候，我都要做点什么，要做自己想做的事情，我这样想着觉得之前的自己多么的幸福，如今我每日期待的就是哪天大夫说，我能坐起片刻，能把脚搭下床悠荡一会儿，那是多惬意的事情啊。

于是我决心面对现实，琢磨我的下一个阶段的小目标和小期待，据说，在这里住院的每周一，护士都会给病人洗头，于是，我开始计划着为自己争取下一次洗头的机会了，就这样，在我内心决定了接受之后，我发现，之后一两天的日子真的开始有那么一点点的顺心了！

早上睁开眼的时候，看见磊岩蜷缩在我床边的小行军床上，有些心酸，我像在家一样用手摩挲磊岩的头发，看着他微微睁开眼睛，不同的是，现在的磊岩就会很紧张地看着我："怎么了媳妇儿？对不起，我睡得太熟了。"每次都听得我心痛，完全不是在家时候的他，懒洋洋地睁开眼睛，嘟嘟嘴，说："让我再睡会儿嘛媳妇儿。"

自此后的两三天，我过得很是规律，早上五点半，就会有护士开始进来量血压（因为子痫前期），量体温（怕我再发烧），抽血（看看我的血色素和血氧饱和度），把当晚的尿液取走（看尿蛋白的含量），询问磊岩当晚的出入量（喝水＋进食＋排泄），上新的吊瓶。

整个过程，刚开始的时候我总是紧张兮兮的，血压、体温我都要自己先看好，把数报给护士，然后看看人家的表情，或皱眉头，或无表情都会让我忐忑，因为若是自己的身子，就还好可以逐渐释然，但是因为所有的体征都与宝宝的状态有直接的关联，使得我总是紧张会给宝宝带来任何一点点的不好，但是，现实如此，而且我相信，现在已经是在逐渐变好了，在我决定接纳这一切、学会这样去想之后，也开始学着放松，于是，后来的两个早上，我基本都是朦朦胧胧地完成这最早的功课。

被折腾醒后，磊岩就会应着食堂阿姨"打饭……打饭……"清脆的吆喝声，抹把脸拿着饭盒去打来我的病号饭，基本上是牛奶或豆浆，馒头或豆包外加一个鸡蛋，我发现自己是刚吃完饭就有便意，一般只要我的坏笑一露，磊岩就会忙不迭地给我铺好垫子，端好尿盆，待我翘着身子扭脸冲他继续傻乎乎地笑，他便知道我完事儿了，然后伸头看看卫生间是不是有人，像赶场一样去把我制造的垃圾处理掉。

然后，我会高兴地在床上坐那么一小会儿，磊岩屁颠屁颠地给我端来温水，洗好毛巾，倒好刷牙水，挤好牙膏，我真有种当老佛爷般的感受。这个时候，"门神"阿姨赶点儿板着脸进来，磊岩就被轰出去了，因为这个时候基本上是7点半，快到医生查房的时间了。

在磊岩被"轰出去"的这2个小时，也是我非常享受的一段自己的时光，因为起得太早，我就能迷迷糊糊地睡上一阵，然后在8点半的时候被查房的流程吵醒，基本上都是那么几个问题：还出血吗，还有痰吗，还晕吗？然后是摸摸肚子，看看指标，结论是，孩子太小，能多吃就多吃。这已经比动不动就拿引产吓唬我要仁慈许多了。查房之后，我就又能小眯一阵，然后再看看微信，刷刷微博，自己往嘴里塞各种吃喝，完全是一种养膘的节奏，不时地和护士们聊聊天，夸夸人家长得漂亮，手表好看，新的发卡别得利索，尽管我没法下地，没法捧着肚子在外面溜达和病友们聊天，我已经可以心平气和地接受现在的一切了。

　　磊岩给自己准备了个小凳，并且也把这段时间安排得满满的。他会走的时候撕好手纸，然后溜达着自己去洗漱，在门口车水马龙的路边吃上一碗馄饨，顺便照下来初春的景色发给我瞧瞧，如果还有时间的话，就在妇产科病房外的楼梯间坐在备好的小凳子上候着，一直到10点。有时候会捧着杂志埋头深读，也经常会和病友们的老公们聊聊天，按照磊岩的说法，这些都是难兄难弟，都是自己家床不能睡，媳妇的病床又不让躺，只能窝屈在行军床上，每天混迹在一堆大肚子预产妇之间懂硫酸镁是啥会照顾老婆的准爸爸。

　　因为楼梯间离产房非常近，这些准爸爸每天都能看见各种欢天喜地，各种大功告成，各种簇拥着顺产的新生儿的场景，于是就在那个周日的午后，磊岩摸着我的肚子说："儿子啊，你计划什么时候出来呀。"

"着急了吗？"我看着他觉得好笑。

"不是，我想回家了。"磊岩抬起眼，耍宝地看着我，"我每天都看产房出出进进的，人家都生完了，我还挺羡慕的，一想咱家这个，才 30 周，就算能熬到 37 周提前剖了，还有 7 周的时间，快两个月呢。"

"咱不和人家比哈，咱多保一天，孩子就多长一天，多好呀。"

第九章 修行

好吧，那个小姑娘永远活着，而且我也惊喜地发现，她竟然永远以平和幸福的姿态出现在我的脑海里，我向往的是那样一种与世无争、安然和有爱的日子。我曾经假想的各种纠结和痛苦，在回忆的时候原来都会渐渐淡去，变成清亮的岁月，而从那样的日子走过，我已感觉很欣慰了。

斯羽摘录

其实，人有的时候真的需要让自己静下来，或者需要远离所生活的环境，远离每天都不得不见的人和事，放空自己，才能看清自己。在一切安定了之后，感觉每当静下来的时候，就会有一些小念想去颠覆曾经的执念。我渐渐开始觉得，这一场生娃的经历，或许会成为我人生的转折点。

生命的敬畏

就像我之前和磊岩说的，曾经一度，我真的认为，我所拥有的所有的这一切物质生活、工作学历，包括我得到的来自父母、来自爱人、来自公婆，来自爷爷奶奶和姥姥姥爷的爱，以及来自朋友的信任，都是我理所应得的。我心安理得地从父母、家人那里索取，在工作付出之后也汲汲可待地争取更多的机会，我每天都有目标，达到目标后又转向另外的一个。

我经常不满，经常抱怨，有的时候仅仅因为小小的不如意。这样的心安理得，会让我精神麻痹甚至颓废，我会很容易疲惫，然后慵懒，然后妥协于自身的惰性。

于是，在这出事后的短短的5天，发生了那么多事情之后，我突然隐隐浮现出一种被报应的感觉，而且也蓦地警醒，我的小灵魂差点就被自己的骄傲和理所应当腐化掉了！现在，当一切远离我，当能够定义我所谓身份的环境消逝，当朋友们的生活已遥不可及，当我过去所有的生活都静静地落在家中的每个角落，而我在这里的病床上不能下地，当我似乎与之前那个活蹦乱跳的丫头也可以挥手再见了的时候，我蓦然抬眼，依旧看到我的父母，我的爱人，腹中的孩子，我的公婆。是的，生活可以给你所有，也可以一瞬间让所有都离你而去，这就是所谓的"空"吗？我们营营汲汲的苍生，真的需要少些执念，多留些心思给这生命中最重要的人们。

对于生命的思考历来不断，但是能够真正沁入内心，就只有亲身经历过一些事情才能体悟到，之前所读到的那些豪言壮语、励志名言对于现在的我都那么的遥远，我更像是一种修行，在所有的未知来临之前修炼出那种气定神闲的状态，这状态的前提是对生命的真实的敬畏。

现在，担心不能够解决问题已经没有意义，现在，任何一点的馈赠，一句问候，一个可以洗净头发的盼头，都是值得期待和带来幸福的。

父母之爱

老实说，我曾质疑过父母，我曾用自己的父母与别人的父母进行比较，我曾抱怨他们从小把我放在爷爷奶奶家，曾抱怨他们不能及时洞察我的情感，于是怀疑他们对我的爱，把自己放在小可怜的境地，觉得是因为自己不够好所以爸爸妈妈没有带着我一起过。

而此时此刻，当我躺在这里，看着妈妈焦急地围着我团团转，知道爸爸在电梯间铺着棉被守着我一夜又一夜，我才停下来，驻足，去看看我的父母。不无夸张地说，我才真正看清他们岁月沧桑的面孔，妈妈不再清丽的身子，爸爸那已经需要用力才能挺直的腰板。

我开始试着把自己放回到当时他们的角度，当时怀着我每天挤公车的妈妈，其实比我现在还要年轻，同样是第一次做父母的他们，很快就进入了角色，爸爸用竹子给我做了许多尿布架子，每天都在不停地洗，我们全家住在奶奶家，奶奶很多事情都会帮着爸爸妈妈，后来妈妈上班了，我就自然而然地跟着奶奶，奶奶疼我，我黏奶奶，后来到晚上睡觉的时候，我也要抱着奶奶睡。后来呢，爸爸妈妈有了自己的房子，但是妈妈上班还是很远，当时对我最好、最稳定的方案就是住在奶奶家，在奶奶家的生活，奠定了我人生中最稳定的心理基础，尽管这不是父母给的，但是这满满的爱我必须好好收下。

无论何时何地，父母的选择一定是基于他们所知范围内的当时最好的选择，现在我敢肯定了，这一定是毋庸置疑的。就像如今，我怀着小小，躺在这里，我和磊岩依然承受着孩子有可能是畸形的风险，但是我们依旧决定把他生下来，给他生命，也许他会怪罪我们，或者说定然他会的，甚至怨怒到我们把他生下来，但就算这样，我们也要先把他生下，之后的事情，我们一起承担。

又如现在，或者是从被小小选择作为母亲的一刹那起，有任何需要我为小小付出的代价，我都愿意，不论什么，这一定不会是我个人的选择，这是母性。具体来说，最初的那为了保全子宫而引产的建议，可能在医生看来是个选择，于家人也需要有一个抉择，但是对于我，这根本就不是什么选择，牺牲掉孩子，换来我子宫的完整，这对于任何一个母亲来说是绝对不可能的做法，就算医院因为某一个指标认定存畸的风险非常大，我也要给我儿子生的机会，不会因为某个数据的推断而放弃孩子的生命，因为我是一个母亲。自从小小选择了我，保护他就是我的使命，一辈子的使命。

童年的宁静

妈坐在我的身边，尽管我们经常无话，但是，当妈妈坐在这里的时候，我就会觉得特别的踏实。为了避免给妈妈造成必须要和我说点儿什么的心理压力，我轻轻地闭上眼睛，假装已经睡着。我轻轻眯缝着眼睛看看妈妈，妈妈静静地靠在椅子上，眼睛落在我床铺的某个角落，也许我睡着，她越觉得踏实吧。

恍恍惚惚地真的有一种回到过去的感觉，那时候妈还年轻，逐渐清晰地呈现在我脑海里的是小时候和妈妈一起去她单位上班时候的场景，妈妈在研究所里工作，那大大的实验室，图书馆，有着高高的窗户和明亮的阳光，尤其是研究所的图书馆，总有各种各样的杂志可以随便看，图书馆有大大的桌子，经常没有人，只有我一个人转着圈地看各种专业书，半懂不懂的，捧在手里就觉得自己很有学问。图书馆的爷爷养了很多的花，摆在一进门的地上，我总会拎着大大的水桶，里面装个塑料杯子，经过长长的走廊，去卫生间打水，然后一杯一杯地舀给花草喝。或者，会将作业铺在图书馆长长的桌子上，因为人小，坐在凳子上还要使劲直着身子才能趴在桌子上。

图书馆的里屋有一台老式的打字机，我总喜欢装上一张纸，然后啪啪地按动，玩味那字母被印在白纸上的瞬间。图书馆爷爷总会泡上一大杯茶，我就透着阳光去看那茶叶在杯子里飞舞。一上午很快就过去了，我会在食堂飘出香气的时候跑到妈妈的实验室，看她脱掉厚厚的胶皮手套，从柜子里拿出花底儿的饭盆，牵着我去食堂打饭，我贴着妈妈，站在一堆叔叔阿姨中间，他们那么高，我总要仰视的。从来都看不见打饭的叔叔，我就看妈妈把饭盆放在台子上，然后端下来就有热腾腾的饭菜和大馒头。中午的时候，在食堂外会有实验室的研究生们打羽毛球，他们快活地跑来跳去，我总是趴在二楼的窗户上看那球在空中以各种的姿态飞落。当午后的阳光把人照得暖暖的时候，我就会把妈妈的办公椅子拼起来，盖上她厚厚的棉大衣，闻着空气里淡淡的消毒水味安静地睡着，妈妈在我身边翻着书，开着收音机听午后的连载小说。

时光凝固，那时我还是个孩子。

住院的时候我真的总会肆意地去回忆这样的情节，还会想起某个下午，依然在妈妈的研究所，当夕阳洒在大门上的时候，妈妈会在二楼叫我的名字，我呢，经常就是在花园的某个角落看各种植物和小昆虫。那无忧无虑的岁月，那没有老师同学，没有小孩子的研究所便成了我一个人的世界和天堂。我还会很具象地记得那研究所后院有一个水池，上面有被垫出水面的石头做的一座小桥，那时候的我，总喜欢踮起脚尖小心翼翼地从左边走到右边，再走回来，这样想着，我的心就安静了下来，没有身处医院的不安、恐惧，没有欲望和纷争，就只有现在的片刻安宁，真的能让我安然睡去。

好吧，那个小姑娘永远活着，而且我也惊喜地发现，她竟然永远以平和幸福的姿态出现在我的脑海里，我向往的是那样一种与世无争、安然和有爱的日子。我曾经假想的各种纠结和痛苦，在回忆的时候原来都会渐渐淡去，变成清亮的岁月，而从那样的日子走过，我已感觉很欣慰了。

第十章 被迫出院

江大夫走的时候我依旧没有反应过来，我这样就突然可以出院了？我刚刚习惯了这一切，决定战斗到底的时候，我的战场就瞬间消失了。可是，我现在一点儿也不想出院，不是因为喜欢这里，而是我不想再折腾自己折腾这孩子了，胎盘前置，随时都有大出血的危险，我不想再经历一次那惊险的一幕，置我和小小于危险的境地。况且，自始至终，孩子在宫内的情况就没有一个明确的决断，我羊水突然变少的原因也没有人能解释清楚，我依然愿意在这里守着我的阵地，至少我可以这样一天一天地过下去，可是这一切又要戛然而止了。

斯羽摘录

我在医院的"好"日子才刚刚开始,就又要"被"结束了。

在肺炎渐好的第二天的早上,我正坐在床上梳头,一眼就瞥见了门口当时收我入院的小王大夫,她穿着干净的白大褂,带着手术帽,口罩刚刚摘下,一边挂在耳朵上,一边耷拉在脸庞,在和护士长谈着什么,一边点点头,一边看着一些记录。一会儿,她也往我这边瞧,我就高兴地冲她招手:"王大夫!"

"你精神好多了。"王大夫高兴地走了进来,"我正在问你的情况呢,怎么又肺炎了呢。"

"是啊,我也不知道,最近怎么都没看见你?"

"你看,你周五入院,周六周日我们就倒班了,结果你周六就开始高烧肺炎,又折腾子痫,周日继续。周一我一天都在手术室,到夜里,这不,刚刚从手术室出来就过来看看你。"

"数起来时间不长,可是我怎么感觉半辈子都快过去了。小命儿差点儿被他们折腾没了。"

"哦,他们,你是说值班大夫?他们不太了解情况,当然,所有的决定最后都要向你的主治大夫江大夫汇报的,你看现在不是好好的吗?"

"哎呀,反正看见你就跟看见亲人了一样,江大夫也话不多。"

"江大夫负责的病人太多,你的情况我们都有记录呢,你看,这两天我继续跟你这边。"

"太好了，你说，我怎么就突然肺炎了呢，进来的时候还好好的!"其实，这是我一直疑惑的问题，就算我的体质有点弱，但经常是累了之后睡一觉就能好的，现在就莫名其妙地突然上不来气，被判定为肺炎。

"恩，可能这么折腾体质下降了。或者还有一种可能，这个是我自己的猜测，不知道对不对，可能点滴打得有点猛，你有点胸腔积水，但是这个既然大夫没有结论，我也不好多说。"小王大夫学术性地分析，稍稍解释了一些我的疑惑。

"我的情况有那么糟吗，肺炎，子痫前期，前置胎盘，胎儿发育迟缓，都让我赶上了!"

"比你情况不好的我们也有见过，你现在都稳定了，只要不出血，就没有危险，所以24小时的硫酸镁要继续打，不能停的。好在你现在还没有什么硫酸镁中毒反应。"

"怎么能知道没有中毒呢?"

"每天早上医生查房都会敲你的膝盖对吧? 小腿有没有抬起来。"

"有的呀。"

"那就没有问题，硫酸镁浓度过高后，会对一些内脏功能产生消极影响，首先会影响到肌腱，膝跳反射就会消失的。"

"哦，现在还没有，那宝宝呢?"

"宝宝的情况就要靠胎心监护了。正常的胎心在120至160之间，太快或太慢了都有问题，可能是胎儿宫内缺氧，或者是情况不好。还有你的羊水情况我还是比较关心，其实应该做个B超看看羊水上来些没有，孩子摸上去还是偏小，也是要B超才能看出来，一会儿我给你开个单子，让你老公去给你排个B超吧。"

"好！我记着。"

"反正你什么也做不了，就抓住这个机会好好吃好好睡。"小王大夫俏皮地冲我笑笑，我禁不住问她："你多大啊。"

"哦，我还没毕业呢，在这里实习。"

难怪我会觉得和她那么近，因为没有那种医患的隔离感，没有那种被居高临下的指挥，她能将那份憧憬和乐观传递给我，真希望她能一直这样下去。

"做医生很辛苦啊。"

"是啊，以后孩子一定不让做医生。"

"你一定能成为一个好医生。"

小王大夫笑笑，用手扶扶眼镜，她仰头看看窗外的阳光，冲我笑笑说："你很勇敢、坚强，也是我的榜样。"

小王大夫走后，我赶快查下这个新听到的名词，关于硫酸镁中毒症状基本上是这样的：

当血清镁浓度达4mmol/L时，深腱反射消失；达4~7mmol/L时，嗜睡、心动过缓、低血压（由周围血管扩张所致）、肠蠕动减弱、恶心、呕吐、腹泻、尿潴留、皮肤血管扩张等；达

10mmol/L 时，随意肌麻痹，呼吸抑制；达 15mmol/L 时，心搏停止（由心肌收缩性能严重抑制所致）。

还没等我消化，就到了查房的时间，江大夫例行地开始每个床位的"巡查"，到了我这里的时候，她站了站，仔细端详了我一下："嗯，斯羽精神不错。"

"嗯，感觉好多了。"

"还出血吗？"

"恩，基本上没有。"

"感觉还憋气吗？"

"好多了。"

"嗯，血压我刚才看也稳定些了。"江大夫顿了顿，感觉她有些迟疑，但是又是经过深思熟虑的，"斯羽，你可以出院了。"

"什么？"我居然愕然了，不是我不想出院，只是这样的转换太突然了，前一秒小王大夫还告诉我硫酸镁要 24 小时不断，宝宝情况也不好，现在就突然让我出院了！

"可是，大夫，我这个硫酸镁还要打吧？"

"你现在不出血了，今天我们给你停一天，如果没什么事的话就问题不大。"

"可是，大夫，我现在还没下过床，没折腾过。"

"你今天可以试着在床边走走，回家后也不能下床。"

"可是，回家大小便还得自己来，行吗？"

"问题不大。"

"可是，大夫，我宝宝还没怎么长呢，羊水也还少，胎心监护情况也不稳定。"

"宝宝的情况你今天约个 B 超，出院后也定期监控，自己数胎动。"

"可是……"

"今天停掉硫酸镁看看吧，明天再决定。"

江大夫走的时候我依旧没有反应过来，我这样就突然可以出院了？我刚刚习惯了这一切，决定战斗到底的时候，我的战场就瞬间消失了。可是，我现在一点儿也不想出院，不是因为喜欢这里，而是我不想再折腾自己折腾这孩子了，胎盘前置，随时都有大出血的危险，我不想再经历一次那惊险的一幕，置我和小小于危险的境地。况且，自始至终，孩子在宫内的情况就没有一个明确的决断，我羊水突然变少的原因也没有人能解释清楚，我依然愿意在这里守着我的阵地，至少我可以这样一天一天地过下去，可是这一切又要戛然而止了。

就在我愣神的时候，婆婆风风火火地进来了："怎么样？"她每次进来的时候，都会给我明亮的笑容，让我如沐春风，我的师长婆婆每天这样为我折腾，我的心已完全被"降服"了。

"妈，刚才大夫来了，说让我出院。"

"啊，什么！"破天的声音，婆婆准备放下的水果就这样悬在了半空中,"这是不想让人好过嘛!"然后那堆水果就被重重砸到了地上。

"嗯,医生说,先把硫酸镁给我停了,观察一天,再说。"

"对呀,这点滴还没停,你发烧的消炎药也打着呢,就说出院就出院了!"

"啊,我也都提了,医生说问题不大。"

"什么医生,我找她去。"

正好,小王大夫推着胎心监控仪走了进来,婆婆一腔怒气正好没地方发:"你们医院这是折腾什么呢,看不得人好是吧,我们这刚稳定了一天,就让我们出院,有这么治疗的吗?这不是保胎吗,我们家里也刚安排好公司和单位的事情,准备长期陪护,这就不让住了。"

"阿姨,您别激动。"小王大夫也有点局促,她无奈地看看我,"我也是刚知道了斯羽要出院的事,您不要太怪江大夫,这也不是她的决定,主要是现在医院床位太紧张了,我们的压力也非常大,后面还有很多病人排着,您一家在这儿占着床位,别人就进不来。"

"是,我明白,我也当过医生,我理解你们医院的立场,但是你们考虑过我们情况吗,你说'占着'我就不爱听了,我们怎么就是'占着'了,我们斯羽也是'高危产妇',要一级护理的类别,病人连地都不能下,这就让出院了!"

"不过,看斯羽现在的情况,各项指标还是趋于稳定的,医生判断这情况基本上就是被控制住了的。您们回家好好保着,应该问题不大。"

"当时说要引产的也是你们,一天后我们就问题不大了。"

这谈话已经无法继续,小王大夫默默地给我绑好胎心监护的探头,婆婆直接拨通了我老爸的电话。"亲家啊,这就让咱们出院了……"

于是,我的状态就切换到了出院前的各种准备,绑在我手上5天的点滴被撤掉,我举起因为点滴而有些浮肿的双手,婆婆也心疼地握起:"这回可是打够了。"

床铺被彻底摇了起来,我开始尝试双脚着地,并自己挪到卫生间去方便,几天没走路了,这一下子着地,还真的有些站不稳的感觉,我扶着墙一点一点往前挪,总是觉得肚子变得更坠更沉了。

在被决定出院之后,我觉得自己在周围所有人:病友、病友家属,还有护士们的眼里瞬间就成为一个"好了的人"了,他们都很高兴友好地和我打招呼,我知道大家都是真心为我高兴的,可是为什么我心里却怎么都高兴不起来了呢?

第十一章 回家

我被家人呵护着上了车子,车子开动,我才看出整个医院的样子,车开出医院的大门,驶入我每天都能从病房里听到声音的喧嚣的街道,大家都在自顾自地生活着,忙碌着,车子开上环路,依旧车水马龙,我摸摸肚子,对宝宝说:"小小,妈带你回家。"

斯羽摘录

老公跑去给我办出院手续，我就自己慢慢地在床上，换好了一身干净的衣服，换掉了穿了这么久天天被我揉搓的病号服，我像新媳妇一样，安静地坐在床上，一会儿老公就进来了，风尘仆仆的，远远地看见我，磊岩就抑制不住高兴地笑了："媳妇儿，都办好了，老公接你出院哈。"

"老公，又折腾你了。"

"说什么呢，多好啊，你想，回家就能抱着我睡觉了。"

"好，不用你睡行军床了。"

"呵呵，我都没事儿！媳妇你先待着啊，别坐太久，躺会儿，我还要给你约上 B 超去。"

磊岩轻轻地亲了我一下，给我把床铺摇平了一些，让我躺下，然后就放心地出去了。我微微地闭上了眼睛，小眯了没多会儿，婆婆和爸爸妈妈就一起进来了。

爸爸细心地端详了我一下，似乎已经猜出了我的心思，笑着说："能出院了是好事，说明咱们没事儿了，好好在家养着就行了。我和你妈过来给你收拾东西，这不，在楼下碰见亲家母了。"妈妈揣着一个大包，放在我的床上，从里面抖落出好几个小袋子："我昨天又去给你买了几身新的孕妇内衣，纯棉的，你老在床上躺着，容易出汗，多换洗着。"

婆婆推来了轮椅："这个是他奶奶的轮椅，借过来咱用用，正好你爸妈在，亲家拿东西吧！我推着斯羽。"于是爸爸妈妈们利索地把我这几日住院的东西装成几个大包。婆婆扶着我,帮我把自己好好地放在轮椅上,平生第一次坐轮椅,被婆婆推着,我被包裹得严严实实,戴着帽子,穿着棉衣,围着围脖。我们走出病房,一一和护士台忙碌的护士们还有正在给我准备出院手续的小王医生道别,大家毫不吝啬那温暖的祝福,可是不单是我,包括爸妈都没有那种出院的喜悦,而有一些小小的失落。婆婆小心翼翼地推我进电梯,我轻轻地护着肚子,仰头看着电梯里的人们自动为我和轮椅闪出了地方,神情木然,每一个人都有着自己或自己的家庭正在上演的故事。轮椅出了电梯,走过长长的走廊,走过急诊、挂号处、收费处,一个个窄窄的移动病床从我身边推过,我远远地看见磊岩冲我跑过来:"车就停在大门口,直接上去吧。"我回过头看看那医院忙碌的场景,磊岩看出了我的心思,笑着说,"媳妇儿,别看了,咱回家了啊!"

我被家人呵护着上了车子,车子开动,我才看出整个医院的样子,车开出医院的大门,驶入我每天都能从病房里听到声音的喧嚣的街道,大家都在自顾自地生活着,忙碌着,车子开上环路,依旧车水马龙,我摸摸肚子,对宝宝说:"小小,妈带你回家。"

回家后,坐在婆婆早已整理好的床铺上,爸爸妈妈看我安顿好后,就和公婆道别,回家了。我和老公一起有一搭无一搭地整理出院的单据,其实已经被小王大夫装订好了,第一张就是我的出院诊断：

1. 子痫前期
2. 宫内孕 31＋4，G1P0，横位，未娩
3. 产前出血——完全性前置胎盘
4. 先兆早产
5. 妊娠合并肺炎
6. 妊娠合并双侧卵巢巧克力囊肿
7. 妊娠合并子宫腺肌症

出院事项：全休两周，注意休息，严格自数胎动，规律产检，院外继续监测血压变化，每周至少检测一次 24 小时尿蛋白定量，一周后复查 B 超，门诊随诊：腹痛、腹紧，阴道流血，排液随诊。

复诊日期：1 周后

"下周二的 B 超我已经给你约上了，走的时候小王大夫又给你开了一个尿检的条，还要坚持留尿，隔两天送一次医院，说你的尿蛋白还是高。我正琢磨，拿什么给你留啊，医院那个尿壶都被我给扔了，一会儿我网上再买一个去，你留好了我给你送到医院去。"

"哦，谢谢老公，太折腾你了。"

"小傻瓜，还说上客气话了。"

这时婆婆在厨房招呼："吃饭啦！"

磊岩扶着我，慢吞吞地挪到饭桌旁我的位子上，我心里暖暖地发现，椅子上多了一个棉垫子，满满的幸福，我抬头看看在厨房里忙活得满头是汗的婆婆，这时她正好端着两个菜上桌，看我还站着赶快说："还愣着干什么，快点儿吃饭，吃完了上床，不能久坐。"

　　"回家真好。"我闻着香喷喷的饭，摩挲着厚实的木头饭桌。

　　"家多好啊，今晚我终于可以好好地睡上一觉啦。"磊岩美美地笑着。

　　"看你这点儿出息。一会儿和我出去给你媳妇买尿壶去。"婆婆总是快人快语，刀子嘴豆腐心，说得都是大实话，可有的时候有给人家泼冷水的感觉。

　　磊岩快快地住了嘴，端起碗大口大口地扒饭，又越吃越 high。

　　"妈，我能洗澡吗?"其实，我是怕从医院回来，婆婆那么爱干净，会嫌弃怕我身上有味道。

　　"不行，别洗了。热水一刺激，再一宫缩，更完蛋，脏就脏着吧! 忍忍吧。"

　　"好。"

　　"不过你要是不得劲，可以洗洗头，我给你洗。"

　　再次被婆婆感动，我一时也不知道说什么好，一般说些"谢谢妈、妈辛苦了"之类的甜话，我这个时候却发现紧张得一个字都说不出来了，说点发自肺腑的，对于雷厉风行的婆婆，自己都会觉得有点做作。

"美吧你就。"磊岩吃 High 了,顺嘴接上一口。

"要不你给你媳妇洗啊。"婆婆含笑地看着她儿子,磊岩吃得嘴边挂着一个米粒,仰着头乐着。

"别,还是您洗吧,斯羽现在就是一个大熊猫,国宝啊!"

晚饭后,婆婆利索地收拾完碗筷,就和磊岩出门给我买尿壶去了,我自己在床上有点百无聊赖地玩着手机,在医院的时候,现在该做胎心监护了。我轻轻地用手摸摸肚子,这时,就听得房门口有公公的脚步声。

"爸?"

"躺着呢?好好躺着吧,住院折腾了这么一趟啊。"

"是啊,爸。"

"家里还是比医院好吧。"

"那当然了爸。"

公公明显有话想说,他站在门口,也不知道怎么样合适似的左右走了几步。

"爸,有事?"

"啊,哦,没事,就是告诉你,你别想太多了,大家都尽力而为就好了,很多事情都是命。"

"恩,我现在没别的想法,只希望小小好。"

"这个我理解,妈妈嘛,其实从我们长辈的角度说,首先是希望你和磊岩好,你俩好,就什么都好。就算这次有什么问题,你们还年轻,以后日子还长着呢,对吧。"

公公说得很短,每一句都听起来是想过的,公公和婆婆是两个性格,婆婆快人快语,公公不太善言辞,这么一下子,搞得我也不知道该怎么回应了,赶快说:"谢谢爸。"

"行了,别想太多了,赶快睡觉吧。"

说实话,从嫁给磊岩到现在的 6 年时光里,我和公公的谈话真的不多,单独谈话就更不多了,公公也是高级干部,一直给人十分威严的感觉,今天这番话,真的是让我意外和感动。

"还憋得慌吗?明天让磊岩回奶奶家把制氧机给你搬回来。"

"哦,谢谢爸!"

"行了,好好歇着吧,啊!"

公公说完就往外走了,走到门口的时候,又回头看看我,握紧拳头:"加油!"我不禁笑了,也学着公公的样子握着拳头:"一定!"

公公乐着晃悠出去了,然后一会儿,客厅的电视声音响起,依然是连续剧频道,不过已经换了新剧了。我竖着耳朵,听了会儿情节,完全跟不上剧情的发展,罢了,就开始躺在床上愣神,我发现家的节奏让我放松了许多。但比起在医院的时候也轻意了许多,我开始也觉得自己是个"好了的人"了。

不一会儿,门口响起了婆婆爽朗的笑声,磊岩拎着尿壶还有一些饼干和水果捎带着凉气颠儿了进来:"我和妈给你买了好多好吃的,一会儿妈给你洗头,然后咱们睡觉。"

然后我听见婆婆在卫生间招呼:"快过来吧!"

说实话,有点儿不好意思,成年后还是第一次麻烦家人洗头,婆婆倒好了两盆水,让我自己站好就行,还没等我道谢,已经麻利地给我打上了洗头液,一会儿就开始冲水,然后给我盖上厚厚的毛巾:"好好擦擦,你不能站太久,自己坐那儿擦干净,我给你吹吹。"我就像个小孩子一样,乖乖地听婆婆的指挥,心里暖乎乎的。

洗完头后,我满足地撑着洗手池自己完成了洗脸刷牙的程序,然后就被安顿在了床上,磊岩蹦蹦跳跳地在我身边忙来忙去,又是给手机充电,又是收拾第二天穿的衣服,我把自己挪到磊岩一直睡的床的左边,让磊岩睡在右边:"老公,从今天开始,你睡右边哈。"

"行,为什么?"

"我一躺在左边就想起出血那天晚上了,脑子里像过电影似的,一点儿困的意思都没有。"

"呵呵,老婆,你就爱瞎捉摸,不会有事了。"

第十二章 再次大出血

"其实,你想啊,说不定你很快就要见到小小了,我想起来都觉得挺激动的。"

谢谢妈妈,这个时候,妈居然能这么乐观地看待整个事情,尽管她可能更多地是在安慰我,而且,她也已经做好了这次孩子有可能保不下来的心理准备,但是,这样期待性的劝慰,真的是给了我点点希望。

斯羽摘录

在家的日子刚刚开始，全家人也就因为我忙活起来，磊岩一大早从奶奶家搬回来了制氧机，婆婆开始张罗给家里添个给全家人做饭打扫卫生的阿姨，好分担一下自己的操持压力，我就负责躺在床上，完全一个养尊处优的状态。

回家的第二天，全家刚刚吃完晚饭，我挪蹭着走到床边，坐下，但是在我缓缓地撑着肚子侧身准备躺下的时候，心中突然漾起了一种不祥的预感，我按捺着躺下，却觉得下体有些微胀，像是想要排便的感觉，于是我微微镇定了一下，又慢慢起身，扶着墙往卫生间挪，婆婆正在收拾碗筷，看我出来："慢点啊，上厕所啊。"

客厅的电视机响起整点新闻联播的片头曲，一切都像是那么安定正常的一个平常的晚上。我慢慢挪到卫生间，把门关上，轻轻缓缓地坐在马桶上，但是，当我坐上的一刹那，下腹就像开闸了一般，无痛，但是有一种喷射的感觉，我心中一惊："完了！"

赶紧起身，我扭身，定睛看见马桶里，一片鲜红！

"妈，老公，我又出血了！"

"啊！什么！"

那刚刚所有的宁静，就在这一刻被彻底打破和扭转。

婆婆几乎是冲进来的，我此刻也像傻了一般，看那血流在我双腿间形成了一个血柱，这次远比第一次要来势凶猛，太可怕了。我只感觉双腿发软发麻，身体开始不由自主地发起抖来，然后就腿一软扑通一下子跪在了地上,婆婆扯下大团手纸,想要堵住出血口,缓住流血,可是,根本控制不住。

"快叫救护车!快点!"婆婆"发令",然后在我身下迅速地铺上褥子,让我就地躺下。

我就势躺在地板上,脑中已是一片空白,公公拿来军大衣给我盖在身上,我听见磊岩在电话里焦急地叫嚷:"麻烦您,快点,快点,孕妇中央型前置胎盘,第二次大出血了,根本止不住!"

虽然经历过第一次的大出血,我已经知道侧位躺着是最好的姿势,但是这次远远比第一次的出血来势凶猛,心里完全没底。老公已经跑出去接救护车了,婆婆在屋里跑着收拾住院的东西,公公把我拖到了门口等着救护车一到就迅速把我抬到车上。

"怎么样?"公公蹲下来问我。

"侧着好一些,但是比第一次要多。"

"加油!"公公严肃而坚定地握了握拳头,我咬牙点了点头。

不一会儿,楼道里就响起了密密的脚步声,接着,大家把我慢慢地抬起来,顺着楼梯往下走,当打开单元门的一刹那,我只感觉到一阵凉气,哆嗦打得更加厉害,救护车里是一个和婆婆岁数相当的阿姨,看见我被推上来,就问:"多少周啦?"

"32周。"磊岩说完,看着大夫的脸,我知道他是在期待一句安慰。

大夫沉默,婆婆有些无奈地说:"看,刚出来一天,我们又进去了,这回我们怎么着都不出来了。"

全家人,包括我自己都依凭着第一次的经验,认为这一次也能够依靠硫酸镁将出血止住,所以,情绪上比第一次放松了一些。

救护车很快就开到了医院楼下,家人熟练地将我推了下来,然后直接送到了急诊室,赶巧正在值班的又是小王大夫!

"斯羽,你怎么又回来了。"小王大夫摘下口罩。

"不好意思啊,我又出血了。"

"你就不能争点气。"小王大夫有些无奈地带上听诊器,在手里捂了捂凉凉的听头,然后轻轻地贴在我的肚子上听宝宝的情况。

"孩子熟悉你们了,舍不得走。我还能住之前的病房吗?"

"现在床位都已经满了,他们在给你安排加床。"

"好,没想到这么快又出血了。"

"哎,中央型前置胎盘的特点就是在孕晚期会反复出血。"

"我这次比上次的量还大。"

"恩,一会儿就给你换上衣服,我叫了 B 超看看你宫内的情况,比较惦记你的羊水量。"

这时,一个大夫推着移动 B 超仪赶了进来,小王大夫赶快让开,耦合剂再次在我的肚皮晕开,这里没法像私立医院有大大的屏幕可以将 B 超的情况直接显示给病人和家属,于是我就盯着两位大夫的表情来辨析宫内的宝宝小小是否安全。B超大夫眉头微皱:"你看看,这个胎盘的位置啊,够低的,孩子长了点,可是还不大啊。"

"羊水怎么样,之前只有3啊,现在呢?"这一直是小王大夫比较关心的,因为羊水少,宝宝的状况会非常不好。

"羊水指数8,正常的最低限。"

"哦,那羊水上来一些了。"王大夫欣慰地冲我笑了笑。

"那为什么之前那么少呢。"我好不容易能够插上一句。

"这个羊水少的原因非常多,现在还不太能确定。"B超大夫皱着眉头,一边看着屏幕,一边回答道,然后她将探头定在了我下腹的位置,"你看,她这宫颈有血块。不知道是上次的陈旧性血块还是这次新形成的。"

"恩,看到了。有宫缩吗?"小王大夫也凑过去认真地看。

"没有什么宫缩,一会儿你也检测一下。"

这时,护士进来:"床位安排好了,在1号大病房吧。"于是,我被推出了急诊室,护士给我拿来了新的病号服,家人决定今晚继续老公守夜,然后明早再看情况。

之后的漫漫长夜我有些忐忑地准备睡去,硫酸镁打上之后,出血量渐渐少了一些,但是,我隐隐地觉得这次和上次不太一样,我现在基本没有很明显的宫缩,出血也并不是伴随着宫缩而来,但并不能够止住。

王大夫一会儿就过来看看我，静静的，低着头摸着我的肚子："宫缩并不是很多，可是为什么会出血呢，再观察一下啊，别着急。"

我就这样迷迷糊糊的，也不知道真的睡着没有，老公定时地轻手轻脚地给我换掉成人纸尿裤，然后给我盖上被子，我看着他小心的样子，真想握着他的手亲亲，摩挲摩挲，可是心里的慌张让我选择佯装淡定，现在脑子里只有出血，我也似乎没有了气力去多说和多想什么。不知过了多久，熟悉的清晨的嘈杂声响起，我听见临床的床头灯打开了，大病房的卫生间响起了洗漱的声音，基本整夜未眠的老公凑近我，轻轻地说："媳妇儿，醒了没？"

"恩，醒了。"

"媳妇儿，出血不少啊。"

"是啊，还是一阵一阵的，只不过不那么吓人，和例假量差不多。"

"这么下去也不行啊。"老公用手捋着我的头发。

"医生说先观察。"看着老公黑黑的眼圈，我想，这个时候我一定要淡定，坚强些，那些小崩溃，能稳住一阵就是一阵。

"那你想要便便吗？"

"这么一折腾，就又不太想了。"

"是啊，等于又折腾了一遍。"

今天白天是妈妈值班，磊岩在听大夫简单地交代了病情，知道今天主要就是观察之后，也赶紧回家补觉去了。因为我的出血并没有减少的趋势，是一小股一小股的架势，妈妈也得不定时给我换好纸尿裤，然后拿到护士站去称量纸尿裤的重量，换算成大约的出血量。到了下午的时候，出血量又增大了。小王大夫推来了胎心监护仪，宝宝的情况还算稳定，可是宫缩曲线上也并没有任何大的突起，表示我的宫缩并不明显。

"没有宫缩为什么还出血呢，有可能是昨天 B 超看见的那个血块，只能再看看，坚持啊斯羽。"

我躺在床上仔细地想，第一次整个的治疗其实就是集中在止血，所用的方法就是靠点滴硫酸镁来抑制宫缩，而这一次，出血的原因比较蹊跷，因为宫缩也不明显，所以硫酸镁的作用就并不大了，难道，就没有其他的办法了吗？想到这，我有些慌张地看了看妈妈，妈妈也赶忙抓起我的手："怎么了？"

"妈，医生给你们交代了吗？我在想，没有宫缩，硫酸镁会不会就不管用了。"

"大夫早上大概说了一下，说你这个中央型前置胎盘的特点就是反复出血，现在说是要绝对静养，观察一下，看看持续的出血情况。"

"可是，这都出了一天了，而且现在量又比上午大了。"

"和昨天晚上比呢？"

"没有那么多,可是,妈,还是出血,我心里就很害怕。"

"不怕,你看,你已经32周了,就算这会儿小小出来,儿科大夫说,也能活的,顶多就是保暖箱住一段时间。"

"啊,儿科大夫都交代了呀!"从妈妈的话中,我基本上可以知道,如果出血量增大,可能宝宝就真的要出来了,可是我真的不想让他出来,只有7个月啊,他还那么的小!再说,我和小小还没有待够呢。

"哦,早上大夫就顺嘴一说,因为出血止不住,什么可能性都有。"

"止不住出血就只能剖了吗?"我有些绝望。

"你得相信大夫,不要想太多了,顺其自然吧。"

"顺其自然,好吧。"这个时候,接受是最好的解脱。

"其实,你想啊,说不定你很快就要见到小小了,我想起来都觉得挺激动的。"

谢谢妈妈,这个时候,妈居然能这么乐观地看待整个事情,尽管她可能更多地是在安慰我,而且,她也已经做好了这次孩子有可能保不下来的心理准备,但是,这样期待性的劝慰,真的是给了我点点希望。

妈的手一直握着我的手,我好想知道她在想什么:"妈,当妈真不容易。"

"体会到了呀。"

"妈,你说我为什么一直出血呢。"

妈沉了一下,看看我:"撑得住吗?撑不住就和医院说,咱们就剖了吧。妈更担心你。"

"妈,只要我能抗,一定撑得住!"

第十三章 恐惧

老公和家人现在都不在身边了，小王大夫还没有过来，我自己觉得这个时候我总该想点什么吧，可是脑子里却空空的，身体的出血依旧不停，宝宝在我肚子里应该是睡着了吗，他安安静静的："宝宝，你是想出来了吗，说不定，一会儿我们就见面了，宝宝，如果只有一个生的机会，妈妈一定要让你活。"

斯羽摘录

妈妈走的时候已经是傍晚了，磊岩拎着晚饭和婆婆一起进来，婆婆看见妈妈的第一句话就是："怎么样啊，今天还出血吗？"

"恩，还是有。"妈说得很含糊，我知道她心里的纠结。

婆婆看看我，努力地笑笑："没事儿，你这个前置胎盘就是会这样，晚上让磊岩在这陪你，有大便吗？"

"还没有，今天一天光折腾出血换纸尿裤了，我还有点担心便便了会污染到子宫。"

"洗干净就没事，该便还是要便，要不然时间长了也不好。"

"哦，好。"

"行了，你俩快洗洗睡吧，我们先走了。"

磊岩坐在床边看着我："媳妇儿，不怕哈。"

其实我猜是磊岩有点怕了，我定定神，笑笑说："大宝儿，不怕哈。"

这是再次住院的第二天晚上了，这一次和第一次住院还是不太一样，第一次住院的这个时候，出血基本上已经被控制住了，可是现在，虽然打了一整天的硫酸镁，出血依旧没有止住。

磊岩在我身边忙活着，我告诉他我已经困了，就早早地半眯着躺在床上，因为我是怕我的恐惧给他任何的影响。我静静地躺着，听着帘子外的嘈杂渐渐平息，耳边响起病房里其他病友此起彼伏的打鼾声，不时的门外传来值班护士们的轻声细语。

我不敢转身，因为好像稍一动身，身下就感到有一股暖流流出。和第二次出血的当晚一样，我又感到了一丝的便意，定定神，我觉得这次好像是真的需要便便了，于是就撩开帘子，磊岩静静地睡在我的身边，大大的身子睡在窄窄的行军床上，身上盖着我的棉衣。

"老公，我想便便。"

"哦，好的，我给你拿盆去。"老公揉揉眼睛，不敢迟疑地站起身，跑到卫生间给我端来盆，拿来报纸，铺在我的身下。

可是，尝试了半天，却依然不行，因为恐惧出血，我也并不敢十分用力，可是尽管这样，出血已经不少了。

"不行，老公，我便不出来，越使劲越怕出血。"

"没事儿，媳妇。"磊岩定定地看着我的便盆，我知道他一定是看到了满盆的出血，看我在看他，磊岩也回避地帮我撤下便盆和报纸，转身到卫生间清洗去了。默默地看着他的样子映在昏暗的灯光下，我心里难受，心想，就算再有什么感觉，也不折腾他了，老公已经两晚没睡了。

但是，这实实在在是一种从未有过的恐惧感，尽管家人并没有亲口告诉我，可是这么长时间的各种功课的了解以及早期大夫和婆婆的少数几次的提及，欲言又止的情形，我都渐渐清楚地确信了，如果出血无法止住，对于我这个罕见的中央型前置胎盘来说，也就是对于产妇来说是有生命危险的，与此同时，胎儿也会因为缺氧和胎龄过小,而被置于非常危险的境地。

我轻轻地撩开帘子,细细地看着睡在我旁边的磊岩,我心中突然伤感地涌起了想要说声道别的情绪,于是忍不住地伸出手去,轻轻摸着他的脸,心中有一丝伤感也有一丝安定。磊岩像是惊醒了似的,一下子睁开眼睛:"怎么了媳妇?"

"哦,没什么,我睡不着。"

"呵呵,"磊岩稍稍松了口气,"还出血吗?"

"恩。还是在出,老公,我怕。"

"别怕,有老公在呢,都会没事儿的。"

"老公我还是怕。"

"别怕,都会过去的。"

"和你说件事啊大宝儿,如果一会儿医生让你签字,是保大人还是保孩子,一定要保孩子,记住了啊。"

"想什么呢你,别胡说。"

"哦,好,但是你一定记住啊,你得尊重我的意思,听见了吗?"

"没有这么严重,你别胡思乱想,你和小小都会没事儿的。"

是的,我不能抑制地去想,去嘱咐:"如果我出血太多,救不回来了,就赶快让大夫先把孩子拿出来,听见没?"

"你别想那么多了,求你了。"老公也有点难过,他拉起我的手,轻轻亲了一口。

"哦。"交代了之后，心里面好像踏实些了的感觉，可是出血依旧不止，而且这一次并不是每一次出血都会伴随着宫缩。磊岩明显已经困得不行了，但还是一直握着我的手，靠在床边，但不一会儿就累得睡着了。我忍一忍心中不断涌起的恐惧感，自己数着宫缩的次数，想着出血次数到了3次再叫醒他，让他再睡会儿吧，可能后半夜就睡不了了。

老公静静地睡着，我看着他轻声说："对不起啊，宝儿，折腾你了。"

"别瞎说。"

"你没睡啊……"

"你要是还出血，要告诉我，我给你换纸尿裤，要不时间长该感染了。"

听他这么一说，我的泪就刷的又下来了。这么长时间的住院，老公明显瘦下来了，我俩有多久没有抱着睡觉了，现在，就算能拉拉手也是幸福的。真应该珍惜以前的日子，一起挽着手散步，一起烤面包，一起做早饭，一起叠被子，一起看美剧。每天晚上到地铁站接我下班，早上送我。一起晾衣服、打球，冬天两个人吃一个糖葫芦，啃一个烤白薯，在雪地里玩儿冻得耳朵都是红彤彤的。

这生活里的点点滴滴都变得那么珍贵，那么弥足珍贵。此刻我也真的不敢想，我还能不能有一天从这床榻上爬起来。我也想,我们能带着小小,一起在草地上玩耍,教他说话,陪他学步,我心中那样向往的日子,在这样的一个夜就突然变得那么遥不可及了。

伸出手,摩挲磊岩的头,我试着想说些什么,可能过不去今晚了,可能只能保着宝贝到今天了,我们可能真的该做决定了。或者应该说些鼓励的话或者什么,让我们都坚强一下,但我却希望这个夜晚和其他的夜晚一样,我们都能静静地这样睡着,然后,睁开眼睛就是明媚的阳光,喧嚣的车流声,互相的笑脸,或者是一起抢卫生间的嬉笑,要么就是早上上班却因为赖床而快要迟到的焦急。此时此刻,突然发现,这一切的一切都深深地印在我的脑海里,挥之不去。

我轻轻地闭上眼睛,幻想就躺在自己家的床铺上,老公在身边玩着 iPad,床头灯温暖地亮着,我抱着晒好的被子安静地入睡。这样的沉静不到 10 分钟,我却发现出血的量开始变大了,而且开始密集到 5 分钟就来一次,于是我赶快转身伸手按了床头的呼叫器。

"怎么了?"呼叫器中传来护士站的声音。

"我出血有点多。"我极力保持着镇定。

老公抓着我的手起身,穿好衣服,揉了揉眼睛,看着我,我使劲地笑了笑:"大宝儿,可能真的撑不住了。"

从走廊中传来了江大夫的声音,我极力地听去,好像是在讨论我的事情:"还出血?有宫缩吗?测一下血色素,观察一下宫缩,硫酸镁把量调上,看能不能挺过去。"

然后顺着声音,江大夫就走了进来,她看看我,坚定地说:"斯羽,好样的!"

"江大夫,今天晚上您在值班?是我的福分啊,看到您我踏实多了。"

"行,别多说话了,你还能坚持吗?"

"我能坚持。"

"好,孩子在妈妈肚子里一天等于在外面十天,从我的角度,也是希望孩子能多保一保,因为现在出来尽管能活,但是孩子还是太小。"

"好的,我明白,我能坚持。"

"好,我们把硫酸镁的量给你调上来一些,可能你会不舒服,比如会心慌,或者上不来气,太难受了就叫我们,咱们再看看出血的情况。"

然后,江大夫转身对磊岩说:"从现在起,一有出血就赶快叫护士。我们要检测她的出血量,超过1500cc可能就必须要上手术台了,这样大人孩子才都有保住的希望,量再大的话我就没法保证了,另外手术可能会输血,我一会儿再安排给她查一次血,然后从血库调血做好准备。"江大夫顿了一下,"这样,你还是通知一下家里人吧,今天晚上先别睡了,能过来的话可以过来,然后一会儿你去买上宝宝的用品，楼下有卖待产包的，我先让小王大夫过来给她看看宫缩。"

"好。"老公有点晃过神的感觉，又不放心地看看我，拨通了手机，转身赶出去了。

江大夫走近，看看我，握握我的手："斯羽真勇敢！我去让她们给你看看宫缩。"

我也笑笑，看着她的背影出神，我也不知道究竟有多危险，只是知道很危险，我也不敢多想，外面是匆匆的脚步，我能听见护士们急匆匆的催促声，临床病友的手机发出熟悉的短信的声音，我的微信微博里的朋友们都应该是睡了吧。

老公和家人现在都不在身边了，小王大夫还没有过来，我自己觉得这个时候我总该想点什么吧，可是脑子里却空空的，身体的出血依旧不停，宝宝在我肚子里应该是睡着了吗，他安安静静的："宝宝，你是想出来了吗，说不定，一会儿我们就见面了，宝宝，如果只有一个生的机会，妈妈一定要让你活。"

第十四章 手术

我就这样被推上了临时手术车，顾不得看清推车大夫的脸，我下意识地感知自己的情绪，没有心潮澎湃，只有一丝丝的恐惧让我浑身不住地发抖，好吧，我姑且把那归结为失血过多的反应，因为我知道自己抖得很厉害。老公磊岩应该是被直接叫到医生办公室交代情况去了，不知道他现在在独自面对着什么，一定是各种危险的告知，比如失血过多会造成多脏器衰竭啊，子痫会导致血管爆裂啊，前置胎盘手术中还会大出血啊，接受输血也可能会有危险，宝宝胎龄小，生产中可能窒息啊，还有麻醉造成的风险，这些只是我能够想到的，一定还有其他各种情况。不知道他签字的时候会是什么样的心情，也可能他一闭眼就签了，不签还能有什么办法吗？还有，做选择的时候，不知道他还记不记得我的嘱托。

斯羽摘录

这时，小王大夫闪了进来，关切地看着我，轻轻地撩开我的衣服："斯羽，还在出血呢？"

"恩，一会儿就一阵的，也说不上来是不是宫缩，并不是那么发紧的感觉，可是还是能感觉到不对劲。"我觉得自己的声音已经开始发飘了。

"来，我摸摸看，硫酸镁量上来你难受吗？"小王大夫轻轻地坐在我的身边。

"还好。"现在已经顾不上硫酸镁的过量了，只希望能够让出血止住。

王大夫轻轻地把手放在我的肚皮上："我给你摸着，你也自己感觉着，一有出血和宫缩你就都告诉我。"

"好。王大夫，我还是挺害怕。"

"别怕，32周了，没问题。"

这么亲切，这么肯定的回答，就算是安慰，我也好感谢她。

"不行，又出了一波。"每次出血后，我就会觉得一阵发冷。

小王大夫忙帮我解开纸尿裤："量不少啊！"

"我原来有这么多血啊。"说这话的时候，居然有那么一点点视死如归的感觉。

"我拿去给你称称看，你看你的脸色，已经发白了，顺便让护士给你测一下血色素。"

"好。我就是感觉有点儿发虚。"

小王大夫出去了，不一会儿有护士来抽了一管血，然后赶快转身出去。我定了一下神，开始在手机里记录出血和宫缩，又是两波出血，就看见江大夫疾步进来了："斯羽！看来，我们得让孩子出来了。"

已经不用多说，我好像都明白了："好的，江大夫，我信您，都交给您了，麻烦了。"

"行了斯羽，和我还客气，没有人比我更了解你的病情了。听好，先让护士给你做准备，我们打电话叫你老公交代一些事情，你要坚持住！"

我顺势点点头，心里有些庆幸的是，幸亏今天晚上是江大夫值班，毕竟从我入院就是江大夫在看我的情况。

想着想着有些发愣，我直直地看着面前凄黄的灯光，一个小护士跑过来："斯羽吗？来，给你做备皮。"

"恩。"开始做备皮就是意味着要开刀了，长这么大，这也是第一次要开刀了，可是就来得这么急，这么危险。护士开始揭开我的病号服，我知道尽管心中已接受现实，没有再多的想法，但是我却真的开始哆嗦，不知道是因为出血太多了，还是因为恐惧，我的手开始发凉。护士长过来，撤掉了点滴管子。护士解开我身上穿的成人纸尿裤，伴随着又是一阵出血，小护士往后退了一步，小心翼翼地拿出尿管，插了半天都没有插上："好多血，不好插。"

"我来，你快去通知手术室推手术车来！"护士长推开她，轻轻地熟练地帮我插好了管子，小护士在旁边看出了神。"什么时候了，快跑！"护士长急得喊出了声。

这个时候老公还没有回来，手上的点滴已经被撤掉了，那陪伴了我这么多日子的点滴器也安安静静的，不再会因为流速不稳而滴滴鸣响了。我默默地看着眼前被帘子分割的天花板，莫名地相信，孩子一定没事的，也就这样不由自主地想，如果就这样被推进去再也出不来了，就这样没法回头，还有什么遗憾吗？我心里突然就暖暖地笑了，我觉得，没有后悔，我的这28年心安理得，蹦蹦跳跳地澎湃到这儿，已经很欣慰了，如果真的需要用我的命去换孩子的，就拿去换好了。

这时床位的帘子被人拉开了，两个护士和一个穿着绿衣服的高个儿医生探头进来，

"手术床推来了，推你去手术室吧。"护士看着我轻声说。

"这么快！"

"你的家属还没到，但是江大夫说你的情况不能等了，必须马上手术。"护士解释说。

"哦，好。"

"你能爬上来吗？"绿衣服医生指指那高高的、长长的手术床。

这要是在平常，也就是简单地翻个身就好了，可是我已经明

显感觉到自己的颤抖了,我紧咬住嘴唇,动了动身子,发现完全没有力气。

"你还是别用力了,我们先帮你把衣服脱掉。"我就这样赤身裸体地被翻上了那细细长长的带轮子的手术床,身上被盖上了两层被单,可还是觉得很冷。身下垫上了垫子,依然一阵阵地出血,我已经管不了那么多了。

想见的亲人,他们都还在赶来的路上,他们一定也是心急如焚。

我就这样被推上了临时手术车,顾不得看清推车大夫的脸,我下意识地感知自己的情绪,没有心潮澎湃,只有一丝丝的恐惧让我浑身不住地发抖,好吧,我姑且把那归结为失血过多的反应,因为我知道自己抖得很厉害。老公磊岩应该是被直接叫到医生办公室交代情况去了,不知道他现在在独自面对着什么,一定是各种危险的告知,比如失血过多会造成多脏器衰竭啊,子痫会导致血管爆裂啊,前置胎盘手术中还会大出血啊,接受输血也可能会有危险,宝宝胎龄小,生产中可能窒息啊,还有麻醉造成的风险,这些只是我能够想到的,一定还有其他各种情况。不知道他签字的时候会是什么样的心情,也可能他一闭眼就签了,不签还能有什么办法吗?还有,做选择的时候,不知道他还记不记得我的嘱托。

那大夫推着我在病房门口等了一会儿,又推向护士站张望了一下。我曾经幻想过那么多次的情景，就像电视剧里面一样的，要生产的孕妇，被急匆匆地推往产房，爸爸妈妈、婆婆公公、老公都在身边，会抓住你的手说，别怕，我们都在这儿等你，孕妇可能这时候已经大汗淋淋了，会使劲点头，努力地握紧家人的手，然后就是被推进产房，家人默默地目视产房门冷峻地关上，可是我这次，可能是太急了吧，于我，于家人，于所有人都是猝不及防。

绿衣服医生推我出了病房，走廊护士站的医生和护士都因为我的事情忙碌着，绿衣服医生大声问了句："她的家属呢？"

"来不及见了，他老公在我这儿，还在等其他家属到，你们先赶快推她进产房，我一会儿就过去！"听出来了，很明显，这是江大夫的声音。

我发现这时候我已经没有了情绪，也不知道这个时候会有什么情绪，只是下意识地抑制着自己的颤抖，可是越是这样，身体就越冰凉，出血不止，也就颤抖得越厉害。

绿衣服医生推我出了产科，来到了电梯间："你的家属好像还没过来呢吧？"他低下头问还在一直发抖的我。

我居然发现自己是说不出话的，嘴唇已经干得起了皮，我咬咬嘴唇，摇了摇头。于是他居然在电梯间又嚷了一句："谁是斯羽的家属？"

电梯间旁边就是正常生产的产房，伴着这一声，瞬间就围上来许多人。

尽管两次住院我都是被推着进来的,根本不清楚这整个产科病房的结构,还是能从家人的描述中知道顺产的产房和我们产科病房是在同一层的,剖腹产貌似就要坐电梯到别的楼层去了。

被推到电梯间,就有很多人围上来看,绿衣服医生依旧没放弃地在找我的家属,

"谁是斯羽的家属?"

"谁是斯羽的家属?"

"你是吗?不是?"

"你是?哦,也不是?"

我就这样听着,看着天花板,能看到一个个的脸庞在我眼前晃过,看到绿衣服医生左右转圈地帮我找家属,直到电梯到了。"你的家属没到,"他低头冲我说,"我推你下去了。"

"好吧,谢谢。"我早已经接受现实了,我就这样静静地带着小小去迎接我们的日子了。

电梯里的日光灯昏昏地亮着,我使劲睁着眼睛,感觉着电梯好像是停了两层,门开了,我被推出来了,然后又转了弯,一个铁门开了,我们进去了,再推了一段,就又一个铁门开了,我们又进去了。这个时候,我有点不知道是哪里了,脑子里突然冒出个念头,这么多关关卡卡,我一会儿实在受不了的时候,可怎么出来,万一我要逃出来呢,一定会迷路的。然后又笑笑自己,现

在这样子怎么可能自己跑出来呢,一会儿手术开始了就更不可能了,哼,说不定,也可能是"飘"出来吧。

想到这儿的时候,眼前闪出了一个电子表,上面显示3:25。一扇大门又开了,我已经不记得是第几个门了,绿衣服医生说:"好了,到了,医生一会儿就来。"

绿衣服医生把我推到整个屋子的中间,我眼前是硕大的手术灯,长这么大第一次亲眼见到,整个房间,除了我和我的手术床,就什么都没有了,绿衣服医生静静地站在门口,此刻无语。颤抖颤抖,一丝恐惧,不是因为出血,只是在想,就这样在肚子上开一个口子,然后再缝上,身体就这样被打开了。

第十五章 和小小相见

做母亲是有一种预感的,我自始至终都相信,小小一定没事,我安心地看着他,心想,宝宝终于脱离宫内的危险了,他哭得那么嘹亮,尽管小了些,他一定能长得很壮实,高高大大的像他的爸爸磊岩一样,我就这样想着,渐渐地失去了意识。

斯羽摘录

也不知道躺了多久，大概有 10 分钟吧，从我的床正对着的小门进来了一个带着口罩的大夫："斯羽对吧？我是麻醉师。"

"您好。"这个时候我心里已经和曾经看过的网上的产经对应起来，先要打麻药，然后压肚子，然后宝宝就出来了。

风风火火的，听到了门口江大夫的脚步声，随后身边就全是人了。手术灯被亮亮地打开，亮晃晃的，有些刺眼，但是照在身上，有一点暖暖的了，温暖的亮光，驱走了一丝寒意和恐惧。江大夫走近我，举到我面前一堆文件："斯羽，签下吧。"

"什么东西？有点晃眼，看不清。"

"没事，都是一些注意事项，你就看你老公签在那里，你就在旁边签就好了。"

亮晃晃中，我看到了老公熟悉的签字，那么熟悉，一页一页的交代事项，我确实一个也不想看，一个也不想听。我的手上沾着血，都沾在了一页一页的纸上，江大夫笑道："你这真是血书啊。我们给你留着。"

"大夫，孩子一定要保！"

"好！你放心！"

"子宫能保吗？"

"斯羽，我们尽力。"江大夫看着我点点头，然后戴上了口罩，我知道，要开始了。

"麻醉师，上麻药吧，另外，给她输血，用动脉注射，这样能够快一点。血压随时监控,开始吧!"

麻醉师把我推成侧卧位,让我紧紧地抱住双腿,然后凉凉的,已经感觉不到疼了,她说:"好了,躺回来吧。"我直直地躺在手术床上,下肢依然在抖,静静地我在等待传说中麻药劲儿上来后那种无痛的感觉。

大约五分钟后,麻醉师用针轻刺我的胳膊,又轻刺我的大腿:"感觉一样吗?"

"一样。"我毫不迟疑地回答。

"嗯?一模一样?"

"是啊。"其实我也觉得挺奇怪的,按照产经里面大家的经验,麻药劲儿应该很快就上来了的。

"再等等。"麻醉师也有些疑惑地说。

江大夫和副手们已经准备完毕,现在整个手术室都在等待我的麻药劲上来,又过了大约5分钟,麻醉师用针刺刺我的大腿:"有感觉吗?"

"有感觉。"确实,能够非常清晰地感觉到小针的刺痛。

"嗯?"麻醉师又用针刺刺我的大腿和胳膊,"一样吗?"

说实话,我真的觉得感觉是差不多的,细微的大腿上的感觉会稍木一些:"嗯,好像不太一样。"

这个时候,听到江大夫明确地发话了:"怎么回事?快,现在先在肚子上打一针,必须要开始了!"

于是，我就在完全有知觉的情况下和大夫们一起上了战场。

手术室里也一下子安静了下来，可以听到手术器具的声音，和大夫们的低声交流。

过了一会儿，我听见江大夫告诉我："斯羽，准备好，我们要把孩子取出来了。"

痛，剧痛。就感觉有人在拧你的肚子，毫不惜力地拧，拽！

我本想剖腹产不就是把肚子切开，直接把孩子拿出来吗，为什么还会这么用力，有一种预感，宝宝要出来了。我不敢闭眼睛，痛依旧没法驱赶我的逐渐涌上来的困意，我真的怕这么闭上就再也睁不开了。我使劲睁着眼睛，尽管眼前已经是白花花的一片了，耳边混乱的声音，各种医生的指令，各种对话，似乎我什么也听不见。

"快点快点，慢点慢点。"然后，所有人都聚集到我肚子的位置。

就是那个瞬间，那一刻，我听见了我生命中永远不能忘记的声音，我听见了小小响亮的哭声，那么洪亮，那么稚嫩，小小在历经折腾之后终于降生了！之前的各种危险的被告知，包括宝宝的各种可能的不利情况，都在小小那响亮的啼哭声中烟消云散！

"哭得不错！"江大夫也高兴得大声说。

是啊，谢谢小小。之前看过也听过很多很多的例子，所有人都会担心的，孩子会在生产过程中因为窒息而有各种的危险，作为早产宝宝，胎肺还未发育成熟，他能不能抵抗住外界的气压情况，其实是大家都关注的问题，一旦没有哭声，就意味着巨大危险的降临，所有紧急的救护手段要立刻使用，对于产妇，也是非常大的压力！谢谢小小，所有的这些担心，都被他用嘹亮的哭声驱散了！小小真是个棒小伙，我好欣慰。

护士把孩子抱到我的面前："看看，是男孩还是女孩。"

我看到了黑黑红红的儿子，他身上沾满了血，好小，好小。

"男孩。"我哽咽地说，但满满的都是幸福，我做妈妈了，做妈妈了。眼泪就真的这样流下来了，尽管危险，我依然感叹生命的神奇和伟大，我依然因为初为人母有种不可名状的欣喜，我看到护士手中小小的小小，我尝到自己咸咸的泪，我终于坚持到和宝贝见面了！

做母亲是有一种预感的，我自始至终都相信，小小一定没事，我安心地看着他，心想，宝宝终于脱离宫内的危险了，他哭得那么嘹亮，尽管小了些，他一定能长得很壮实，高高大大的像他的爸爸磊岩一样，我就这样想着，渐渐地失去了意识。

又不知过了多久，我再次感到剧痛，非常疼，这个时候我已经知道小小安全了，就真的开始失声叫了出来："好疼啊！"

"斯羽，直到现在，你的手术非常顺利，孩子已经送到儿科了，你要坚持一下，我在给你处理你的子宫。"是江大夫的声音。

听到她说"手术非常顺利"，我真的是由衷的欣喜，听到了她在处理子宫，我稍稍安心，知道我的子宫也保住了！为了确定手术的进程，我捋了捋思路问道："胎盘已经取出来了是吗?"

"是的，斯羽!"江大夫肯定地说，"胎盘如果你们不需要，医院就回收了，你的胎盘和别人的不太一样，已经发黑了，出血出的，没有什么营养了。"

我这是暗暗琢磨，幸亏小小出来了，否则待在我肚子里也没有什么养分可以汲取，怪不得长不起来，羊水也不是很足，胎盘上的养分和供养已经在几次大出血的时候被流失了，而且，现在胎盘已经取下来了，这就说明，手术中大出血的危险应该已经度过了。

不知道是不是因为觉得危险已过，意志力就松懈下来了，还是因为麻药的缘故，我顿然开始觉到了下腹的疼痛，想着之前看到的产经，剖腹产的大家都是在宝宝被抱出来后就迷迷糊糊地睡去了，而我却全然没有困意，愈发觉得下腹的疼痛愈演愈烈。实在按捺不住，我又开始哼哼："好疼，真的。"

"斯羽，你之前有卵巢囊肿，现在破掉了，我在给你清理，你不要乱动，也不要叫，否则，之后你的腹腔进气，会非常难受的。"

"可是我真的特别的疼。"

然后我听见江大夫在问麻醉师："这是怎么回事？没见过这种情况啊？

最让我崩溃的是坐在我身边的麻醉师居然说:"我也不知道啊?"

"快点想想办法,她这么叫的话,我的手术没法进行。"江大夫已经有点着急了。

于是,麻醉师给我的口鼻罩上了麻醉面罩,让我深吸了几口气,我就迷迷糊糊地睡着了。

不知道多久之后,我听见江大夫的声音:"斯羽,手术时间太长了,防止你失血过多,我先把你的伤口缝合,你的腹腔还有因为卵巢囊肿存留的脓血,我给你留了一个导管,往体外导,所以你出了手术室,体外会有两个管子,一个是尿管,一个是腹腔的这个导管。"

我迷迷糊糊地睁开眼睛,手术依旧在进行着,好吧,这个时候什么都无所谓了:"好的。"

又是一阵安静,一阵迷糊,我听见江大夫说:"好了,手术结束!"

明晃晃的,我知道,我挺过来了,准备下战场吧。

我睁着眼睛,看见手术灯熄灭了,然后我的床头调转,江大夫走到我的床前,帮着大家推我出门:"好好休息吧,斯羽。"

"江大夫,谢谢您。"

"你的情况真复杂,手术中途囊肿还破了,累坏我了,我去歇会儿去!"江大夫高兴地笑着说。

一会儿迷糊，一会儿清醒，感觉我被大家推着，往外走了，伤口上有麻药，我一阵一阵地还是感觉到疼，但可以忍受。

这个时候听到了爸爸的声音："宝贝，受苦了！大人孩子都平安！"

我睁开眼睛，使劲看着，看到了爸爸妈妈、婆婆公公的面庞！

婆婆心疼地摸着我的脸颊："闺女儿，受苦了！咱这就都好了！"

我张开紧闭着的干裂的双唇，问婆婆："小小呢？"

"送到儿科了，挺好的，推出来的时候给我们看了，哭声很响亮。"

"多重啊。"

"三斤。"

"只有三斤啊。"

"没事，应该是要在儿科住一段时间，再长一长，磊岩去办手续了。"

是啊，我没有看见儿子，也没有看见老公，好想见到他们啊。

第十六章 重生

不知道是因为疼痛，还是因为对小小的担心，或者是乳房开始越来越胀，我越来越精神了，看看表，是凌晨4点多钟，我躺在床上，开始觉得，一定要赶快好起来，还有好多事情要做，首先我要把身上各种管子都拿掉，然后要吃一顿好的，我要坐起来，自己下地，自己去上厕所，就算是挪我也要挪到儿科去看看小小现在究竟是什么情况，我还要赶快学会吸奶，争取早点儿出院，回家给小小做准备，给他留多多的奶喝，小小需要妈妈，这种被需要的感觉，让我突然觉得浑身都充满了力量，脑子里有各种的想法，我清晰地觉得，我活过来了。

斯羽摘录

我迷迷糊糊地睡着，因为疼，紧闭着双唇，毫无控制地间断地发出细微的哼哼，这样好像能够减轻一点点的疼痛。经过了几道门，我好像是再次被推回到我的床位，熟悉的位置，让我感到这世界依旧在丝毫不被打扰地运转着。病房里的嘈杂，病友们的家属纷纷起床打饭，窗户的窗帘被拉开，有一阵明亮的刺眼，病友们开始聊天，有的去洗漱，一切都和往日一样。

只是我的世界，从此不一样了，因为我，在今天早上的时候做了妈妈。

整个早上都没有看到磊岩。

恍恍惚惚地我觉得自己一会儿睡着过去，一会儿又有一些清醒，我感觉不停地有人过来看我，给我打上了点滴，好像是在控制术后的感染。伤口的疼让我现实地感觉到生命的存在，我模模糊糊地再次回忆起手术最后的片断，看到儿子后，我就即刻释放掉所有的担心了，我心中坚定地认为，儿子吉人天相，儿子已经获救了。我也居然在手术的时候想象自己肚子打开的血淋淋的场面，那么痛，后来被罩上了面罩之后，就剩下断断续续的疼，断断续续的意识，一直到现在，一切变得越来越清晰。

尽管不能动，不过，在同一张床上，我至少没有了几个小时之前出血的恐惧，想到小小，心里也安安定定的。不想之后，只想当下，我要好好活着。再也不自己和自己过不去，盛开，败落都对得起这生命和爱。肚子里开始胀气，可能是因为做手术的时候张口叫的结果,我努力不去想那伤口,否则就会觉得自己千疮百孔了。

模模糊糊的,我感觉有人在揉我的双腿,搓我的脚心,我清楚地感觉到是婆婆,婆婆不停地在搓我凉凉的脚心,利落地按揉着我木木的双腿,隐隐听见了江大夫的声音,利索稳重而又不失热情:"哎呀,真是好婆婆!这样对了!加速她的末梢循环。"

"是啊,脚凉得厉害。"

我心里感动,却依旧没有力气,甚至没有力气睁开眼睛。然后,听见江大夫刷地拉开了我床头的帘子,轻声问:"斯羽,怎么样了。"

"上午一直睡着。"是婆婆也放低声音回答的声音。

"嗯,她这个手术情况比较复杂,消耗得比较大,不过,她身体素质还是不错的,幸亏年轻。"江大夫就是这样总会给人信心,就像做手术的时候,小小出来后那么长的手术时间又伴随着剧痛,让我一度无法忍受而痛叫,江大夫就说:"斯羽,你要坚持,手术到现在都非常顺利,我现在正在给你清理腹腔,你配合些咱们就会快一些。"她从来不用手术后果如何去危言耸听,她只是注重当下。

"谢谢您啊大夫!"

"应该的,那我先走了,她的麻药劲过去伤口会疼,今天会打几针安定,输消炎药,我下午再过来。等她醒了还有一系列的事情，消炎药先打着，盯着点儿她这个管子，宫内没有血再往外流了的话，就可以让护士把这个管子拔掉。斯羽要是醒了，要争取让她下地，能排气最好！她创伤比较多，不用太勉强，一点一点的练。还有得看看奶水的状况。孩子现在还没法吃东西，但是斯羽一定还要下了奶，等孩子能吃的时候才能供得上。"

这一系列后续要做的事情让我有点想就这么一直地睡着，但是听到小小的情况，听到他不能吃东西，我就有些着急地使劲睁开眼，用力张开嘴："孩子怎么了？"

江大夫和婆婆赶快过来看我，婆婆安慰着说："孩子在儿科呢。"

"斯羽，你得赶快好起来，你好了才能照顾孩子。"

"好。"我有些安心，又迷糊了过去。

几针安定让我迷迷糊糊睡了一整天，到晚上的时候，我隐隐觉得肚子里像转着气一样疼，这时候，终于看见老公了。

"媳妇，受罪了。"

"没事儿，又能看见你了，我可真高兴啊。"

"行了，又说傻话。"

"小小怎么样？"

"小小在 NICU，医生说孩子太小，要住一段时间。"

"医生说孩子还不能吃东西。"

"恩，你就别操心了，有大夫呢，好好养好你自己，大夫说了，你得多翻身，要不然容易黏连，还要排气，最好能早点下地。"

"嗯，可是太疼了，根本动不了。"

"我知道，媳妇。你得听话配合，你好了，才能照顾好小小。"

"好，我再睡会儿啊。"

大概睡到半夜，我觉得胸口胀胀的，自己一摸，已经胀得圆鼓鼓的，还一阵一阵地感觉有东西要出来，应该是奶下来了吧，我心里暗喜，之前光折腾住院啊，出血啊，现在真的安生了，就要开始琢磨好好地喂养宝宝，我心里暖暖地推推老公："大宝儿，我下奶了。"磊岩睡得很沉很沉，他应该是很累很累了，我只记得书上说，妈妈的初乳一定要第一时间给宝宝吃的，我太想小小了："老公，我下奶了，要不要给小小送去？"

"嗯？"磊岩被我迷迷糊糊地推醒了，"小小还吃不了呢。"

"还吃不了，怎么了？"

"小小胃里面有点出血。医生说了，你的奶该下还得下，在医院没条件，回家了就给你冻起来，等小小出院了吃。"

"啊，胃出血，怎么会出血呢？"

"媳妇儿，你别瞎琢磨了，赶快睡觉。"老公拍拍我，转过身去了。

不知道是因为疼痛，还是因为对小小的担心，或者是乳房开始越来越胀,我越来越精神了,看看表,是凌晨4点多钟,我躺在床上,开始觉得,一定要赶快好起来,还有好多事情要做,首先我要把身上各种管子都拿掉,然后要吃一顿好的,我要坐起来,自己下地,自己去上厕所,就算是挪我也要挪到儿科去看看小小现在究竟是什么情况,我还要赶快学会吸奶,争取早点儿出院,回家给小小做准备,给他留多多的奶喝,小小需要妈妈,这种被需要的感觉,让我突然觉得浑身都充满了力量,脑子里有各种的想法,我清晰地觉得,我活过来了。

就这样挨到了第二天早上,我开始尝试着自己翻身,因为伤口还是疼着,而且肚子里面的气转来转去的,但就是排不出来,我隔一阵就觉得气胀得很疼。就在我自己各种翻身尝试的时候,小王大夫撩开帘子,探进头来:"你好多了啊。"

"哎呀,看见你真高兴!"

"做妈妈了啊。"小王大夫笑得很舒服。

"哎,太突然了,我怎么感觉自己还没做好准备呢。"

"是啊,你知道吗,听江大夫跟我们说,打开肚子才知道,你的子宫内膜异位是重度四级,这种子宫环境,能怀上宝宝,就是个奇迹。"

"哦?我就知道我有卵巢囊肿,怎么还有子宫内膜异位?我知道子宫内膜异位症是不容易怀孕的。"

"你的卵巢囊肿就是异位的内膜沉积在了卵巢。"

"原来如此。"

"还有啊，一会儿江大夫也会和家属大概介绍一下手术情况，总体来说还是非常顺利的。而且，胎儿后来羊水少，并且不太长大的原因也基本上明确了，第一就是因为胎盘供血不足，江大夫也给你看了吧，你的胎盘拿出来颜色特别深，有沉血。还有，其实是一个特别特别危险的情况，就是胎儿有脐带密螺旋，这个会非常容易造成胎儿在宫内缺氧，很有可能造成胎死宫内。"

"天呀，听你说，我都出了一头冷汗。"

"是啊，有些情况，真的是要到手术的时候才能看出缘由。"

"小小真的是福大命大。"

"恩，小小必有后福。另外，你记得之前曾经断定孩子是畸形吗？因为我们从你之前的私立医院转过来的病例中看到，胎儿当时有一个指标，非常非常的高。后来，几经核实，才确认，是当时私立医院的护士填写的时候小数点的位置点错了，当时差点误导了治疗的方向。"

听到这儿的时候，我真的不自觉地惊诧了："还能这样！幸亏当时没有考虑引产。"

"当然了，如果当时决定引产，我们肯定也会做检查的，但是就会让治疗方向先走偏了。"

我深嘘了一口气，小小真的是命大，这过程对他来说也太险恶了。

"那这么说,小小出来,可能比在肚子里更好。"

"这个不好说啊,现在看,可能答案是肯定的。你下奶了吗?我摸摸。"小王大夫按按我的被胀得硬硬的乳房:"你得赶快挤出来,要不然会发炎的,让你老公去买个吸奶器吧!"

"好!谢谢啊!"

"行了,那我先走了,下午再来看你。"

信息量太大了,我开始感叹,我们的小小真的是太神奇了!

第十七章 早产的小小

我想象着小小现在正在经历的一切一切，完全没有防备！只能心里默默地祈祷，老天爷，请不要让我失去小小，求你了！

斯羽摘录

按照小王大夫讲的，小小的到来就是一个奇迹。真的是我和他的缘分。

重度的子宫内膜异位症是非常难怀孕的，怪不得我之前总是痛经痛得厉害，可是我居然没有意识到这之间的关系，总是寄希望于生完宝宝，就不会再痛经了，其实，真的应该在准备要宝宝的时候，就把这些妇科疾病"铲除"，给宝宝创造一个良好的生长环境。而且，异位的内膜覆盖着子宫和在卵巢里堆积，也会让受精卵在着床的时候去选择适合自己的"土壤"，这么分析下来，我的前置胎盘可能和子宫的情况有一定的原因，使得小小当时选择位置的时候，不得不在宫颈口的地方"安家"了。这给小小造成了多么大的威胁。

同时，孕晚期的脐带密螺旋，也会使原本管道状的脐带像拧麻绳一样旋转，使得脐带中能通过的氧分变少，严重得会导致缺氧和窒息。脐带密螺旋的原因目前医学上还没有定论，但是有一些脐带密螺旋的孕妇，在孕晚期的时候，宝宝会因为窒息而胎死宫内，这种一般的B超是看不太出来的，所以孕晚期的胎心监护非常重要，一旦有异常，就不能掉以轻心，需要非常有经验地处理。

我不禁唏嘘，小小真的好险。但是，现在的小小，尽管摆脱了宫内的危险情况，按照大夫们的说法，因为孩子太小，只有32周+5，早产的小小还要度过很多的关口，早产的小小因为还不足月，全身各个器官都未发育成熟，难以适应子宫内外环境的骤然变化，会面临各种问题和并发症，按照大夫们一般的说法，早产宝宝出生后需要度过八大关：

第一关：呼吸关。因早产儿的肺部不成熟，肺内表面活性物质生成不足，使得肺泡扩张不全，不能有效地换气，造成呼吸困难，出生后不久出现的呼吸衰竭对早产儿的生命构成很大的威胁，故为第一关。

第二关：感染关/出血关。早产儿免疫及屏障功能差，自身细胞免疫及抗体合成不足，抵抗力弱，易发生败血症、坏死性小肠结肠炎、感染性肺炎等。

第三关：喂养关。早产儿的消化系统尚未发育成熟，开始可能无法进食，必须靠高营养的液体维持，开始喂养后又容易发生呛奶、溢奶、呕吐、吸入性肺炎等。

第四关：黄疸关。早产儿肝功能不全、肝脏不成熟，胆红素结合和排泄能力差等易致黄疸加重，从而出现黄疸难退或胆红素脑病等危险。

第五关：贫血关。早产儿体重越小，出生后血红蛋白、红细胞及血小板越早开始降低，易发生贫血及出血。

第六关：体重关。由于消化功能差，易发生腹泻、腹胀等，加之肝功能、肠道功能差等因素易致早产儿体重增长缓慢，进而导致营养不良、体质差、易感染等。

第七关：循环关。正常的宝宝在出生后，连接主动脉和肺动脉的导管会自动关闭，早产儿因导管组织未成熟，故此导管持续开放或是关闭后又打开的比例较高，加之早产儿心脏功能代偿能力差等，易致心衰、低血压、肺及肾功能损害等。

第八关：体温关。早产儿体表面积大、皮下脂肪少，脂肪及碳水化合物储备少，容易引起体温不升。其汗腺功能不全、体温调节中枢发育差，又易致包裹热等。

这些看着都让人惊心，小小要冲破这么多关才能平安地出院，尽管坚信儿子的生命力，我还是觉得心里揪得痛，妈妈对不起他。

转眼已经到了上午，今天磊岩决定出去给我买一个吸奶器，让我开始吸奶，也防止我的乳房发炎。他刚刚出去没有多久，这时，护士过来问我："斯羽，你老公呢？儿科找他。"

"哦，他应该刚出去，我给他打电话。"

"好，儿科那边好像挺着急的。"

拨通老公的电话，我不由自主有点着急地问："儿科找你啊，老公，小小有什么事吗？"

老公只回了我一句："好，我知道了，一会儿小美过来看你。"就匆匆挂掉了。

小美是我叔叔的女儿，一向婷婷袅袅的，什么事情都不是很着急的样子，自顾自地美着，说话慢慢悠悠，也总觉没什么心事。看见她的时候,她穿着合体的小裙,只是脸上多了一丝哀伤。

"斯羽姐姐,都听我爸和磊岩哥哥说了,你真是太险了。"小美轻轻坐在我的床边。

"是啊,别像我这样,生宝宝之前一定要调理好身子。"

"我不着急呢。"她撩了下头发,慢悠悠地说。

"别不着急啊,还是早点要好,医生说,我能够挺过来,还真的和年轻有关系。"

"哎,斯羽姐姐,看你生我都不敢生了。"

"我这么折腾,现在都活过来了,像我这么惨的不多,放心吧。"

"可是现在小小的情况也挺让人着急的,怎么还会颅内出血啊,我听磊岩哥哥说,昨天还因为呼吸暂停报病危,现在好像还没有解除呢!太让人揪心了,姐姐你真的太不容易了。"

我极力镇定着自己的情绪,"颅内出血""呼吸暂停""病危"。小小现在的情况我完全不知道!也苦了磊岩和家人,怕我担心,默默地承受着,尤其是磊岩,面对我的时候,可能心里在翻滚着小小的病情。

我按捺住了心中闪过的慌张,和小美寒暄着,直到小美最后说:"斯羽姐姐,那我先走了,等你出院了再来看你。"我才赶快清醒过来,努力地直了直身子,目送着小美离开。

颅内出血，呼吸暂停，报病危，天呀，这一切来得那么猝不及防，也因为我自己准备的不足，镇定一下，赶快去查相关的信息：

关于早产宝宝出生后易发生的病情：

(1) 呼吸暂停：尤其是极低体重婴儿，很容易发生呼吸暂停的现象，跟血压、感染、水与电解质平衡及营养状况等都有关系。

(2) 黄疸：若婴儿血中黄疸测量的指数超过20，这些黄疸色素可能进入脑部，沉积在脑部的神经核，造成永久伤害。但若是黄疸指数并不太高，则对婴儿没有害处，反而是一种抗氧化剂。

(3) 坏死性肠炎：原因并不是很清楚，像缺氧、缺血、感染、放置脐动静脉插管与喂食等都是重要的因素，一旦发生，其死亡率与后遗症发生的概率相当高。

(4) 颅内出血：这是早产儿最可怕的病，极低体重婴儿更易发生。引起颅内出血的原因包括早产儿支持基底膜组织脆弱、微血管未发育成熟与缺氧等。

(5) 视网膜病变：早产儿的视网膜血管仍未发展，也不成熟，很容易受到伤害，若到了视网膜剥离阶段，视力将会受损，甚至完全失明。其主要原因包括早产、缺氧、过高的血氧分压、感染、酸中毒与组织伤害之后产生的自由离子等。病变轻微的，可以自行痊愈；中等及重度的，只要把握治疗机会，效果也很好。

（6）慢性肺病：早产儿需要较长的时间使用呼吸器和氧气，而且肺部病变需要很长的恢复时间，照顾起来十分困难。造成的原因大多是婴儿的病情严重，需使用高压、高氧使肺泡损坏所致。

关于颅内出血：

早产儿脑室内出血（IVH）指血液进入称为脑室的大脑内空腔。不成熟大脑的特征之一就是连接到脑室的血管十分脆弱。脑室是存储孕育大脑的脑脊液（CSF）的空腔。其中，大脑与脑室毗邻的区域（也称生发层基质）中血管非常细，十分脆弱，因而是IVH的易发部位。生发层基质是胚胎发育期间大脑的一块活跃区域，在妊娠35周左右消失。这些血管很细薄，容易受到血管内血流波动的影响，因而可能会出现破裂和出血。婴儿的年龄和体型越小，血管破裂的可能性越大，血管破裂通常发生在出生的头几天。血管破裂导致血液流进脑室。

由于早产儿的血管较为脆弱，因此出生时简单的血压和血流变化就会引发脑室内出血（IVH）。尽管大部分人血压变化时不会出血，但早产儿的血管壁很薄，血压变化时容易破裂。血压波动可能有多种原因，通常由难产或肺和呼吸并发症引起。

早产儿出生后往往要立即借助机械通气，而这也可能导致血流波动。尤其当宝宝自主呼吸与呼吸机不同步时，血压极有可能出现波动，进而导致肺和大脑内血管压力增加。近年来有新式同步触发功能呼吸机的出现，总体上减少了这种情况的发生。

　　脑室内出血（IVH）一般出现在出生后前7天尤其是前72小时内，之后发生的可能性逐渐降低。

　　我想象着小小现在正在经历的一切一切，完全没有防备！只能心里默默地祈祷，老天爷，请不要让我失去小小，求你了！

第十八章 小小的战斗

只有不到33周的小小宝宝，刚出生就离开妈妈和家人，自己住在NICU里面。NICU里的宝宝，在我住的医院，家人一眼都不能看的，只能每周两次到NICU门外去询问宝宝的情况。我无时无刻不在想他，想他现在在经历着什么，可能一天会有很多次的惊险，小小的小小就这样坚持着，他还那么那么小。

斯羽摘录

我躺在床上，努力练习着翻身，心里惦念着小小的情况。小腹因为有伤口，一点都不能吃劲，我现在发现，原来我们所有的动作其实都会全身肌肉用力的，简单的一个翻身，现在居然对我来说是超级费劲的一件事情。

磊岩去了很久才回来："媳妇，等着急了吧。吸奶器我买好了，你晚上试试吧，不用用手挤了，就是有点儿动静，怕晚上会影响其他人，等能出了院就好了。"

"谢谢大宝儿。"

我俩对视了一下，磊岩明显是故意镇定着自己，我还是没忍住，迫不及待地问道："小小怎么样了？"

"嗯，还没有什么更新的情况。"

"没有好消息吗？"

"媳妇，别多想，我们一定要相信小小。"

其实，磊岩，那一天，在小小出生的第二天，签了小小出生之后的第二张病危通知书。

现在，我的情况已经基本稳定，就剩下术后的各种恢复和下奶了。尽管大夫依然交代术后 50 天内还有可能会大出血，需要静养，少下床，这些已经远远比不上之前生命的威胁。我的如以前般的活蹦乱跳，一定就是不久之后的事情，感谢医院、家人，老天让我活过来了！现在，在我心里，最最揪心的，是小小。

只有不到 33 周的小小宝宝，刚出生就离开妈妈和家人，自己住在 NICU 里面。NICU 里的宝宝，在我住的医院，家人一眼都不能看的，只能每周两次到 NICU 门外去询问宝宝的情况。我无时无刻不在想他，想他现在在经历着什么，可能一天会有很多次的惊险，小小的小小就这样坚持着，他还那么那么小。

听磊岩说，小小出生的时候，没法进食，胃里面还有出血，出血稳定就下了胃管，往里面打水和奶粉，每天还要抽血，看小小的血色素和各种指标。我不能去想，他那细细小小的手臂，和几乎透明的小手，还要承付这么多折腾。他第一次的病危，是在我还昏睡的时候，原因是呼吸暂停，需要随时抢救，会有生命危险。早产宝宝刚刚出生就要过的呼吸关、出血关，小小一样没少地都在经历着，这还不包括刚刚出生的宝宝体重还会下降，三斤的小小其实只有两斤多。两天之后，再次的病危通知，因为颅内出血！依旧危及生命，如果之后不能够顺利吸收，还会对脑室产生影响，有各种的后遗症。

呼吸关的危险还未解除，小小又在经历出血关，一个人战斗着。妈妈给他挤出的黄澄澄的初乳，他没法喝，一滴都喝不到，因为现在生命都是问题，所有的亲人都帮不上忙。每次想到这儿的时候我就哽咽了，我多想抱抱他，亲亲他，把他搂在胸前，一刻都不放下。

现在，我能做的只能是在心里默默地祈祷，然后努力让自己尽快好起来：我醒了之后就先拔掉了尿管，经历了传说中的"按肚子",然后腹部的沙袋被拿掉,因为排掉腹部的淤血及残留物而插着的管子也在第二天被拔掉了,管子封口的缝针拆线也顺利完成。催乳师的揉挤都不算什么,按肚子的疼好像也就过去了,拆线时候也没什么感觉,每次排便的时候,肚子里都串着气地疼,但想到正在战斗着的小小,这些也都不算什么。

没有管子,没有点滴,我开始练习坐起来,发现一点儿都吃不住劲,靠两个胳膊硬往起撑,躺下的时候因为撑不住就把自己撂在床上。因为整整两天没有排便,肚子胀得每隔五分钟就疼上一阵,后来在婆婆的"开塞露"的"诱导"下第二天晚上成功排便。婆婆每天都亲自给我炒菜,做面条、米粥,因为知道我超爱她的手艺。然后,我开始在婆婆的"指挥"下练习下地走路,刚开始双腿根本撑不住劲儿,伤口太疼,就使劲按住,然后慢慢站起,迈出第一步。刚开始的时候,可以挪到窗子,然后就可以捧着肚子在走廊里面溜达了,摇摇晃晃的,扶着墙一点一点地挪,但是终于可以看看每个病房的样子,看看忙碌的护士站,医生的休息室,自己挪上体重秤看看尽管生完小小依然没有太大变化的体重(因为小小太轻了)。

我努力地吃,努力地下奶,努力地不多想,不哭。大家都说,宝宝都是自己带着奶水出生的,早产宝宝母亲的奶水中所含有的营养、蛋白质都高于正常出生宝妈的奶水,因为小小没法喝,看着挤出来黄黄的初乳都觉得好可惜,我有点着急出院,出院就能好好地储存挤出的奶水了,虽然不知道小小什么时候才能够喝上。

磊岩说,他把小小送进去的时候,在 NICU 的门口遇见了一位双胞胎宝宝的父亲,这位爸爸的两个宝宝已经在 NICU 里面住了 40 多天,现在还没法明确出来的时间。按照医院的标准,宝宝需要能够自主呼吸,能够进食,体温、呼吸,各项生理指标都稳定后才能从 NICU 出来,住到普通病房,早产宝宝的体重要长到 4 斤(2 公斤)以上,同时其他指标都正常才能出院回家。那是全家人都盼望着的事情啊!

在生完小小的第三天早上,我为了防止黏连,正按着肚子在走廊里溜达,迎面看见江大夫:"江大夫好!"

"哎哟,斯羽,好样的,已经能下地了!"

"嗯!我什么时候可以出院呢?"

"不错,还是年轻啊,身体素质好。你现在基本没什么问题了,可以出院了。"

"太好了!就是孩子还不知道什么时候。"

"别担心,有苗不愁长!"

"谢谢大夫,真的太感谢您了,我和小小的救命恩人啊。"

"成了斯羽,你就别和我客气了。"

"哦,对了,江大夫,我之后还能再怀孕吗?"

"你先好好养养身子,过个几年,要再怀孕,你就找我!"

江大夫依旧是很忙碌的样子，说完了就扭身进了病房。我的脑子里回荡着她说的"有苗不愁长""再怀就找我"，微微扬起嘴角，就是着短短的几句，在我心里却是亮亮的希望。

慢慢地挪回来，我呆坐在床边，看着我们的"战场"，窄小的床头柜，一把椅子，就是家人陪护我、忙碌的地方，床头柜上摆着暖壶，磊岩的水杯，我的饼干、饭卡、手纸，还有磊岩新买来的吸奶器。婆婆每次过来都会整理一下这个小柜子，交代给我什么东西都放在了哪里，然后再下一次来"接班"的时候会再叨叨一遍。辛苦了家人，这一次经历紧紧地把全家人拧成一股绳了，是小小带给我们的福分。

不一会儿，有护士走进来："江大夫说，你可以出院了，让你家属来收拾东西吧。"

老公和婆婆来收拾东西，小小出生后，家人之间的交流变得少了一些，只要张口就是对我情况的关怀，其实我们最想说的最想聊的，是小小。我和磊岩经常会无语地坐着，我知道，他背负着太大的压力，每次签字的时候，他在想什么呢？很快，东西就收拾好了，我挪着步子，缓缓地出门，和医生护士道别，进电梯，下楼，上车，心全在小小身上。宝贝，爸爸妈妈回家等你，你一定一定要撑住，爸爸妈妈小小，我们一定要在一起，求你了宝贝，加油！

车缓缓地开出了医院的路口，我默默地看着窗外，使劲地看着远处医院的大楼，直到看不见了为止，因为小小还在里面。后来，风景闪过，我却不知道自己看到了什么，其实什么也没有看到，双乳胀胀的，有奶水溢出，每次溢出的时候，我就想，要是小小能够喝到该有多好。大家都说月子的时候不能流眼泪，小小出生后，我也确实没有流泪，那些情感已经无济于事了。

我们的小小是安安静静出生的，朋友们都不知道，因为担忧，我们心心念念小小能够挺过来，能够回家，回到我们的怀抱，全家人的心念都汇聚在小小的身上，期待他能好。我想，大家也都想着编辑条短信，高高兴兴地告诉朋友们，小小于何年何月降生，母子平安，可是现在母子平安这四个字原来重如千斤啊。没有喜悦，一丝丝担忧，没有忙碌，一丝丝牵挂，小小一个人的战斗，我们除了心念都只能"袖手旁观"，NICU、静脉血、蓝光、胃管、出血，我默默的下念，这一辈子，再也不让小小受苦了。

第十九章 小小回家

他是那么小，看起来又是那么弱，却又是那么顽强！我们3斤的小小自己在NICU里顽强地活下来了，20天的时间，长到了4斤，能回家了！我没有不坚强的理由，现在就看我的了。这样想着，婆婆说："来，终于见到妈妈了，快让妈妈抱抱吧。"可是，我却真真地不敢动他，那么软软的小身子，那个曾团在我肚子里的小身子，如今就在我面前，可是我却不敢伸出双臂去拥抱他了，真是百感交集。

斯羽摘录

终于到家了,当我的双脚踏上被婆婆擦得亮亮的地板,我长长地舒了口气,回家真好。家里亮亮堂堂的,安安静静的,没有医院的嘈杂,卧室的床上整整齐齐地叠放着一身新的睡衣。婆婆扶着我进了房间:"昨天去超市,给你买了套睡衣,方便喂奶呢。"

"谢谢妈。"我摩挲着睡衣,扶着肚子轻轻地在床边坐下。

伤口还在隐隐作痛,尤其是在大小便的时候,更是觉得整个肚子都是剧痛,我会紧紧咬着衣角等待剧痛过去,好在已经知道这些都会过去,就是一个等待时间长短而已。

磊岩的手机是 24 小时全天开着,一旦有动静就会紧张地跑过去,我们也是捏着汗地看他接起,然后判断是不是儿科打来的。终于,在我回家的第四天晚饭时分,磊岩的手机响起,我一看那上面显示的号码:"老公,赶快接,儿科的!"

磊岩一把抓起电话接起,全家人都紧张地看着他。

"好好,哦,明天一早我们就送到!谢谢。"

磊岩放下电话,嘴角微扬,暖暖地看着我:"媳妇儿,加油,好好挤奶,医院说,小小胃管拔了,今天已经能够喂进去 3 毫升的奶了,医院说,我们可以送奶过去了。"

"太好了!起码能吃东西了!"婆婆高兴地握着拳说。

"嗯,我加油。"心里默默地为小小骄傲,儿啊,你真棒,从来没让妈妈失望过。

"只有 3 毫升啊,那么少。"

"这奶怎么带呢?"

"用什么装呢?每次送多少啊?"

"几天送一次啊,明天要不多送点,万一饭量一下子上来了呢,给孩子饿着了。"

"先用保温桶送吧。"

"这奶是鲜着送过去还是冻上然后再解冻啊。"

"一周时间固定啊,那要是中间吃完了怎么办啊。"

"奶还是多带着点儿吧,有备无患。"

"还是明天一大早给医院打个电话吧。"

全家人听到小小能吃东西了,就七嘴八舌地各种讨论起来。

现在开始,我超有动力给小小储奶了,但是,问题又来了,因为长时间乳房没有小小的吸吮,光靠吸奶器,十几天下来,我的奶水量没有什么变化,大概每 4 个小时挤一次,一次能有 60 毫升。

于是,全家人都开始关注起了我的奶量,我自己也开始了纠结奶水量的日子。每次挤出多于 60 毫升,都会发自肺腑的高兴,然后拍张照片发给磊岩。婆婆呢每次看着我的奶水就会皱起眉头,着急地说:"你这个奶还是没下来啊。想当年我喂磊岩的时候,那奶都是往外滋,喂完他我还能挤出一大瓶子。那会儿也没吃什么,你看现在每天还有这么多的汤汤水水。"婆婆这么说,我开始越来越没信心,虽然每天早上一大碗小米粥,上午一大碗鲫鱼汤，下午是牛奶煮银耳加大红枣，但是奶水的情况是基本上除了涨奶的时候会有乳汁溢出来，奶水往外滋的情况确实不多见。每一次的挤奶，我都希望再多点再多点，不放过每一滴，心里期待着小小回来能够多多吸吮，奶水能够多多的出，把小小养得白白胖胖的。

磊岩每隔两天就去医院送一次奶，每次回来带回的都是好消息，小小的体重基本上是稳定增长，吃奶量也是从每一次的3毫升，到10毫升，12毫升，15毫升，20毫升，25毫升，30毫升。胃管拿掉后，医生给小小做了第二次的脑部B超，发现之前的颅内出血已经开始吸收，小小的出血关冲过去了！之后是开始自主呼吸，没有再出现严重的呼吸暂停的现象，宝宝的呼吸也稳定了，医院在喂养方面，除了纯母乳之外，还按比例搭配着"母乳强化剂"，母乳强化剂是主要针对早产宝宝母乳的一种营养强化，据医生说是因为纯母乳中的某一些营养不能完全满足早产宝宝的追赶生长的身体需求，从而需要在使用母乳的同时使用母乳强化剂，使早产宝宝既受益于母乳喂养的好处，又能获得满足其快速生长的营养需求。一般的母乳强化剂除了强化蛋白质，也强化矿物质和维生素，用来满足早产宝宝的生长需求。一般规定，待早产宝宝的体重追到8斤（4公斤）的时候，母乳添加剂就可以停用了。

小小就这样努力地追赶生长着，他一定很想回家。就在小小出生第 20 天，磊岩接到了儿科的电话，在经历了两次病危，出生时的掉体重，小小终于长到 4 斤了。体重长到 4 斤，按照医院的标准，小小现在可以出院了！这比当时医生给磊岩预计的天数少了一半，小小真是争气啊！医院的意思是，小小体重指标达标后，还要在儿科住上两天，过渡一下，看看离开 NICU 的暖箱后，小小在体温条件、呼吸等方面是不是能够正常适应，如果两天后没有问题，就建议家人接宝宝出院了，因为儿科毕竟还有生病的宝宝，也会有交叉传染的风险。静静的等待，两天后，儿科电话，小小可以出院了！

在小小出院的前一天，婆婆特地去做了头发，我们打扫了卫生，老公剃了胡子，我也好好地洗了个头，公公去理了头发，爸爸去请了小小的护身符，因为我还在月子里，爸爸妈妈婆婆公公和磊岩决定一起去医院，接小小回家！

那一天早早的，全家人就起来了，我和婆婆把小小的床铺了一遍又一遍，屋子打扫后还是觉得有灰尘。家人出发后，我也换上新衣，按着隐痛的伤口，挪坐在门口的沙发上激动又有些焦急地等着小小回来，坐在这里，我满脑子都是小小出生时候的哭声，和眼中看到的红红的小小的他，以及对他在 NICU 时的各种情况的想象。小小就像是一个离家久了的孩子，我心里居然忐忑起他能不能接纳我这个妈妈。胡思乱想了一通，这时，门口电梯间的门开，稀稀落落的脚步声，然后，家门打开。小小在婆婆怀里睡着了，回家了。

我看到小小的时候，终于，止不住的泪就下来了，怀里的小小和我想象的宝宝完全不一样，他没有怎么太长，尽管体重已经比出生时长了一些，可是却依旧是黑黑的、红红的、瘦瘦的。

他是那么小，看起来又是那么弱，却又是那么顽强！我们3斤的小小自己在NICU里顽强地活下来了，20天的时间，长到了4斤，能回家了！我没有不坚强的理由，现在就看我的了。这样想着，婆婆说："来，终于见到妈妈了，快让妈妈抱抱吧。"可是，我却真真地不敢动他，那么软软的小身子，那个曾团在我肚子里的小身子，如今就在我面前，可是我却不敢伸出双臂去拥抱他了，真是百感交集。

婆婆慢慢地走到我们的卧室，把小小放在床上，解开包被，小小的小手小脚依然是蜷缩的姿势，好像还是在肚子里的样子，然后婆婆轻轻把小小放到小床上："小小，咱们回家了啊，好好地睡吧，好好地长吧。"婆婆的声音轻轻柔柔的，小小像是听见了一样，他眯起细细长长的小眼睛，像个小神仙的眼神，环顾着小床周围，看看围着他的一家人，然后伸开小手伸了个腰，慢慢地闭上眼睛，那细细的小手指，看起来像透明的一样。尽管睡着，还有一惊一惊的反应。

我努力地平复着自己，看着我的儿子小小，这是我的孩子啊，可是他真的好小。但是，小小，他一定会长大，他从来没有让我们失望过的。他会追赶着生长，然后有一天会叫爸爸妈妈，会蹦蹦跳跳的，远远的，我看见他上学了，高兴地骄傲地背着书包，然后他到了青春期，他穿白衬衫骑山地车，小小一定会长得高高大大的，长成一个大小伙子，一切都会好的。

"行了，让他好好睡会儿吧，孩子还是太小了，这段时间就别让人来看了，平常就家里人，都要注意，抱孩子之前要洗手，总之，要给他一个安静干净的环境，孩子现在太弱了，长长就好了。"婆婆招呼着家里人离开了房间，我把着小小婴儿床的床边，望着熟睡着的小小，只感觉有无限的爱，有热热的眼泪。我发现自己就只能这么坐着看着他，一刻都不离眼，我拿命换来的小生命啊，如何珍惜都不为过，只是，再也不能让我们分开了！

宝宝，妈妈在。

第二十章 斯羽抑郁了

好吧，来吧，这样想着，我就真的放纵自己一把，终于在生完宝宝之后来了一个一泻千里了，呜呜地号啕大哭，说不上的难受，就是觉得这样能哭出那么多说不出来的情绪，有曾经的恐惧，有为难，有担心，有牵挂，有依恋，有感激，有不自信，我使劲儿使劲儿地哭着，有种越哭越来劲的架势，黑黑的树下只亮着一盏小灯，弱弱地发着光，像是不敢影响我热闹的情绪。我用手托着脸，任凭泪水流下，任凭自己大声地抽泣，抽泣。

斯羽摘录

小小回家后的每一天，对于我来说时间都是满满的，因为小小太小，他的所有的动作，还有他的一些反应都会引起我的紧张，因为精神高度紧张，我基本无法入眠。虽然极度困倦，可是，只要闭上眼睛，眼前就全是小小，耳边也好像是他迫不及待的哭声，这样就让我入睡困难，经常躺着躺着就坐立起来。我就这样昼夜熬着，过来人都劝我要和孩子一起作息，孩子睡我也睡，孩子醒我也醒，可是现在的我根本做不到。

小小那么小，我总觉得少看一眼都不行，新生的宝宝总是发出来各种怪怪的声音，比如"嗯嗯嗯"地伸自己的小胳膊小腿，扭扭着发出哼哼的声音，咽喉中也会出现嘶嘶的伴随着呼吸的声音，这所有的一切对于我这个新手妈妈又是早产宝宝的妈妈来说都显得那么的要紧。

小小回来的第一个星期我基本上没怎么睡过，他细细小小的呼吸，总让我有各种担心。我会把着小小的床边，小心地去数他的呼吸，按照网上的说法，婴儿的呼吸一般每分钟 40~60 次算是正常。因为小小刚出生的时候有过呼吸暂停，我就觉得只有这么守着，看着，心里才够踏实。晚上的时候基本上也不会睡着，小小一有动静我就像弹簧一样弹起来，有时候都会把磊岩吓一跳，经常就会把磊岩的胳膊当作是小小，把磊岩弄醒，然后确认小小正安睡在小床里。小小 3 小时准时就饿，因为他还吮吸不好乳头，我得在他"发飙"之前将母乳挤好，并按比例放上早产儿专用的母乳强化剂来补充营养,补充早产宝宝出生后额外的追赶生长的需求。然后将母乳温好在35度,应声呈上,待小小慢慢地喝完后,我都会慢慢抱起睡得身子软软的小宝,让他的小身子紧紧地贴在我的前胸,书上学到的这叫作袋鼠式抱法,对于早产的宝宝尤为重要,能够让他充分感受到母亲的体温、心跳以及呼吸的节奏。

一边抱着小小,一边给他拍嗝,我总是数着基本要在200~300下的时候能把宝宝胃里面的气排出来。嗝拍出后,我还要抱小小再坐上半个小时,生怕他躺着打嗝呛到,婆婆说这样完全没必要,可是我就是要做到万无一失,小小现在的几次吐奶都是像小瀑布一样,而且都是拍嗝没抱多久就放下,我担心他会在我不知道的时候吐奶,会呛到小小,或者会让奶水进到耳朵里面。我紧张他,舍不得让他再有半点的难受。于是,每次多抱上一个小时,确信小小已经安安稳稳地睡着,然后再放回小床,这样把宝宝安顿好后,我就要开始新一轮的挤奶,准备小小的下一顿饭。

每天早上,婆婆接我的班,都会让我去家里另外的屋子补觉,可我基本上是睡不着的,躺下之后只觉得心脏怦怦怦地跳得厉害,总是恍惚听到小小的哭声,若认真分辨后确实是小小的哭声,我就会不自主地立刻下床,奔向儿子的房间。

就这样子紧张忙碌而又疲惫地过了一周的时间,我发现我整个人的情绪开始越来越明显的不对劲,除了面对小小,其他的时候很难有愉悦的感觉，作为妈妈这个身份，我尽管在努力适应，但是其实依旧做不好：我不敢抓起小小那小小细细的双腿给他擦洗拉过粑粑的小屁股，也经常在他因为太小而叼不住奶头的时候心里难过，有的时候小小会打嗝，会吐奶，我都会觉得是自己没有喂好，小小虽然回到身边，但是因为太小，对乳房的吮吸不够，我的奶水也基本上是将将能够供应得上，比起婆婆讲起的她当时喂过磊岩之后，还能挤出一大瓶子，我这奶水怎么喂得饱小小？小小回来的前几天，每天能便上七八次，但是从第三天开始就不大便了，而是好几天便一次，我就在心里数着他还没有便便的日子，心里琢磨这便便在肚子里多不好啊，要有毒素的啊，小小会胀肚，会不舒服的呀。每天都有一些担心，说不上开心，有一些紧张，总有纠结，终于，在一天晚餐的时候，大家又聊起小小喝奶的事情，小小回家后长势喜人，奶量增长得也很快，我刚开始还能储存一点备用，现在已经逐渐储存不上了，于是磊岩一边扒拉着饭，一边说："媳妇，你得加油啊，咱儿饭量这么大，你供应不上可不行啊。"

"哦，我挺努力了呀。"

"你这个睡不够也不行，白天孩子睡了你就得睡。"公公也分析着说。

"白天睡不着。"

"那你这样可不行。"婆婆有点着急，"我们当时还一边带孩子一边做家务呢。"

好吧，我承认，我抑郁了。尽管我感谢上苍，感谢家人和医生，让我和小小得以团聚，可是我依旧觉得尤其是和什么事都做得雷厉风行井井有条的婆婆相比，我什么都做不好。心里面堵得慌，我按下筷子，难受，做不好，我不是个好妈妈，可是，我真的做不好，但是我一定要做好，我知道，这个时候，我应该去做什么，可是根本就止不住的眼泪，吧嗒吧嗒地往碗里掉。实在不行，我只能说："爸妈，我吃完了。"我扭身，跑了出去。

夜幕，天空中有繁星，空气中有清凉的味道。我缓缓地独自走着，一边走一边抽泣，不知不觉就走到了门口的梧桐树下，大大宽宽的叶子伸向天空，长长的枝丫遮挡住了星光，让这树下的景致变得沉沉的，安安静静的。我挪步坐在树下的椅子上，无语，不知道这个时候该想什么，我依旧感恩，依旧庆幸，但也依旧觉得心里堵得发慌。我想了想，小小刚刚吃过奶才不到一个小时，现在正睡着，应该能容我脆弱一两个小时。

好吧，来吧，这样想着，我就真的放纵自己一把，终于在生完宝宝之后来了一个一泻千里了，呜呜地号啕大哭，说不上的难受，就是觉得这样能哭出那么多说不出来的情绪，有曾经的恐惧，有为难，有担心，有牵挂，有依恋，有感激，有不自信，我使劲儿使劲儿地哭着，有种越哭越来劲的架势，黑黑的树下只亮着一盏小灯，弱弱地发着光，像是不敢影响我热闹的情绪。我用手托着脸，任凭泪水流下，任凭自己大声地抽泣，抽泣。

后来，不知道过了多久，感觉自己静了下来，心里面也好像清亮了一些，微微的奶水有点胀胀的感觉，小小该喝奶了，我擦干了眼泪，我想我应该是好多了，就算我做不好，我也是小小唯一的妈妈，人又不是生来就会当妈的。我摸了摸脸上的泪痕，扬了扬嘴角，迈着大步朝着家的方向走去。

回到家，我也尽力不去提我那刚刚的崩溃和小脆弱了。我撸胳膊挽袖子，慢慢地我也不知道怎么就平静下来了，可能是在大哭之后，可能是在之后越来越多次地成功给儿子换好了尿布，喂好奶，看见他冲我笑，看见他的体重曲线高昂上扬，带他出门，带他去游泳，给他抚触的时候他笑着，在我怀里的时候也露出了微笑。看见小小的笑，我突然发现，那些情绪渐渐地消散了，然后，我就慢慢地好了。

第二十一章 有了小小之后的情怀

我就这样看着他,就想一直一直这样看着他。夕阳将树叶都打成了金色,小区旁的幼儿园里传来稚嫩的童声,熙熙攘攘的,是接宝宝的时间到了,我就开始畅想,现在我可以这样无尽无尽地畅想了,会有那么一天,小小背着他自己的小书包,里面装上水壶、小口巾,最喜欢的玩具,蹦蹦跳跳地独自走进幼儿园的大门,小小开始有自己的圈子、自己的朋友,我和磊岩就会在他身后,看着他往前走,守护着他,一直走,直到有一天我们走不动了,小小已经长大了,会有自己的孩子,自己的家庭,我会挥挥手让他继续向前。这就是生命的延续吧,想起来,真的好有意义,感谢小小让我们做了父母,让我们的生命自此厚实而更有意义。

斯羽摘录

当了爸妈之后忙碌的日子,我和磊岩还没有完全适应,我经常在深夜一边吸奶一边回顾,这短短的 2 个月,从出血入院,到后面一系列的各种波折,让我曾经青苗般的人生观发生了巨大的颠覆,可以说,第一次我对生命两个字产生了敬畏。曾一度我总想"为什么是我",但现在看来,真的,每个人都有自己轨迹中注定的绊脚石。

于是,就有了这样的一个午后,如我曾经梦想过的一样,阳光明媚,透过落地窗照在古铜色的地板上,我刚挤过奶,洗了个澡坐在床上,小小穿着肚兜趴在床上睡觉,因为在 NICU 的时候只能朝一个方向睡,小小的小脑袋形状不是很正,虽然纠正了一段时间,比刚出院时候的菱形脑袋还是好了很多,但是看起来还是有一点儿歪。小小安静地睡着,听着他均匀的呼吸就让人觉得很安定,嘟嘟着红红的肉肉的小嘴,偶尔动动长长的睫毛,虚着眼看看身边是不是有人,然后又安静地睡去。

我出神地看着他,然后转头问坐在我身旁、抱着 iPad 看漫画的磊岩:

"磊岩,是不是一切都过去了?"

"你指什么?"

"危险。"

"呵呵,都过去了,至少现在,你们娘俩安全了,放心吧媳妇儿。"

老公都知道我想问什么，虽然我知道，小小的成长将会面临更多艰辛，但是现在我可以安心地看着他，享受这份恬静，生命无常，所以让我们珍惜所拥有的，相信自己和周围的人，平和地绽放生命，并给予世界自己的光芒。

在度过那段过一天并不知道第二天甚至是下一刻会发生什么的日子之后，我学会珍惜当下所拥有的一切，可是，我也畏惧未来，因为生命进程中所必然会发生的衰老、疾病、亲人的离去，就像重锤一样悬在我的头顶，让人窒息，甚至没有勇气走下去。

刚刚过去的那段时间，我不知道如何宽慰自己，我努力保持着生活的节奏，努力做一个好妈妈，就像我想成为的那种全能的妈妈一样，翻看曾经的照片，发现曾经清丽的笑容就这样在我的脸上消失了。我想去珍惜，去抓住每一个瞬间，可是，时不常地，当生活中的任何一环出现问题的时候，这种励志的感觉就会瞬息变幻，生命中的阳光会骤然收起，我也更深刻地体会到了什么叫作无常。这样的状态会让我经常手足无措，我只能等待命运的安排。但走过了一程也会发现，那人生的方向终究会按照人的意志前行，如我要舍命为小小生的意志，如医护人员的努力，如家人的陪伴和呵护，生命尽管无常，人却需要意志和方向，才不会如狂风中分散的纸屑，虽人人如尘埃，但人需要有自己的坚持，想那风中摇摆的花枝，一花一世界，虽最终凋落，我们可以选择在世间绽露的姿态。

每日的早上，小小会在四五点钟醒来，眯缝着眼睛要喝奶，然后就吭吭地想要抱着摇着走，于是我就会抱起小小在屋子里来回走，走着走着宝贝就睡着了，可是往床上一放就又醒了。因为缺乏安全感，一两个月的宝宝总是会喜欢人抱，那我就一直这样抱着小小，唱遍了尚存在记忆力的儿歌，好听的摇篮曲，连慢节奏的情歌都唱了一遍又一遍了，小小依旧眷恋怀抱。困倦，但是，这种被儿依恋的感觉真好。我静静抱着熟睡的小小，站在5点的晨光中，看温柔的日光将东边的云彩染得绚烂，晨光渐渐升起，折射在对面楼房的玻璃上。宝宝小小睡在我的怀里，已经比刚回来的时候长胖了一些，但是他的小小的手指还是细细的就像透明的一样，小小的脑袋，也就是我的手掌大小，每一次，每一次换尿布，洗澡，我都是小心地抱，小心地放下，小小，你那么坚强，是妈妈的骄傲，妈妈也要和你一起坚强，陪你一起长大。

一个月后，小小第一次被我和磊岩推出了家门，舒舒服服地躺在小车里面，享受"阳光浴""空气浴"。因为早产，小小需要更多的维生素D协助转化的钙质来帮助生长，紫外线能够加速和加强这个过程。我们推着小小慢慢地在小区里走着，小小很快就迷迷糊糊地睡着了，磊岩也有点累了，要找地方坐下。阳光刺眼，我和磊岩推着小小，坐在小区的长椅上，天空中轻轻飘着淡淡的像棉花糖一样的云朵，小小轻轻地睡着，我和磊岩眯着眼睛看着对面楼房的窗户上映出的天空，拉着手，静静地坐着，不用说那么多，这来之不易的团聚，让我尤为珍惜，对我来说，每一天每一秒都是赚来的，值了。阳光透过树叶，影影绰绰地洒在彩色的大理石砖上，小小迷迷糊糊地睁开了眼睛，觉得有些刺眼，又有点胆怯地闭上，磊岩赶快给小小放上了遮光罩。于是，小小慢慢地就睁大眼睛看着摇摆着的嫩绿色的树叶，可爱地笑了，然后又突然严肃起来，继续看，继续笑，继续变换表情。

我就这样看着他，就想一直一直这样看着他。夕阳将树叶都打成了金色，小区旁的幼儿园里传来稚嫩的童声，熙熙攘攘的，是接宝宝的时间到了，我就开始畅想，现在我可以这样无尽无尽地畅想了，会有那么一天，小小背着他自己的小书包，里面装上水壶、小口巾，最喜欢的玩具，蹦蹦跳跳地独自走进幼儿园的大门，小小开始有自己的圈子、自己的朋友，我和磊岩就会在他身后，看着他往前走，守护着他，一直走，直到有一天我们走不动了，小小已经长大了，会有自己的孩子，自己的家庭，我会挥挥手让他继续向前。这就是生命的延续吧，想起来，真的好有意义，感谢小小让我们做了父母，让我们的生命自此厚实而更有意义。

《守护奇迹：小小诞生记》之妈妈的自白

如今，小小安静地睡在小床里，磊岩陪在他旁边，安静地看着书，我刚刚给小小洗完衣服，刷完奶瓶，坐在沙发上，垫上靠背，就想起了曾经过去的日子，那一晚一晚，那每天早上抱着小小睡在沙发上，那每日下午小小贴在我胸口睡午觉。如今，他已经长成快 90 厘米、约 15 公斤的小人儿了，伶俐、聪明，爬上爬下，会察言观色，会逗人，会拉着你到处跑，会舍不得你上班走，在小床里面喊妈妈，我已经知足了。

心惊胆战，战战兢兢，看到小小的任何小问题，就不自觉地会自责，会往小小早产的背景上想，然后郁郁不振那么一两个小时，就又振奋自己，为儿成为一个战士，生活的战士。能成为小小的妈妈是我的福分，虽然我经常不知道怎么能够做好一个妈妈，不知道如何能够更好一些，再好一些。这个冬天，小小第一次感染了轮状病毒，发烧、拉稀、呕吐，吃什么吐什么，奶刚刚喝下就直接被全部吐了出来，睡着觉就会吐，自己完全不知地就吐了，吐完了就软软地趴在我的背上，我轻轻地把他放在小床上，他眯缝着眼睛看着我，一点精神都没有，看着让人心痛。所以我不能睡，就这样一夜一夜地守着小小，他饿了，就喂，喂完了，又吐了，后来吐完了又要拉。整个病程，快撑不住的时候我对婆婆说"妈，我怕"，婆婆皱起眉头"怕有什么用"。是啊，怕有什么用，可是我真的还是怕，于是，我只对自己要求两个字："顶住！"

　　最近的一段日子，小小开始进入他的第一个敏感期了，各种"不要不要""没有没有"，也更加地爱探索，更加地有主见，有行动力，我经常看着他健硕的小背影，支棱着小脑袋，振奋着小肩膀发呆，想着这小小人儿就这样一点一点地长大了，一点一点地走出他自己的生活，一点一点对妈妈的怀抱不再依赖了，我竟然想到了他的青春期的叛逆，想到了他会有自己的爱人，心中竟然漾起了淡淡的失落，眼睛竟然有些湿润了，小小突然回头"妈！"我起身奔向他去。

　　每周都坚持写小小成长记，这样会觉得不辜负儿子每一天的进步，刚开始是为了给小小留下记录，后来我越加发现，这个日记和所有的整理可能都是为了我自己。最近一段时间停止更新，是因为感觉各种事情，尤其这两天觉得十分压抑，尽管我避免这样想，这样说，但依旧只能在抱着磊岩痛哭了一阵之后才能释怀，感谢我的磊岩，他经常会在我小崩溃之后，拍拍我说，媳妇，咱们不要太文艺了，我和小小都需要你。

有了小小之后，我要求自己，要做个坚强的妈妈，万能的妈妈，小小需要我的时候，我就能在，能把事情都做好，这样如此，在小小一岁半之后的几次洗礼下来，轮状病毒、发烧、好不了的咳嗽、鞘膜积液，我发现自己原来脆弱不堪。这算是妈妈的自白吗，算是抑制不住的情绪宣泄吗？所有的压抑，在慢慢平静之后，我能感觉到，已经慢慢转化成了动力和力量，这个妈妈的形象，在丰满，我们都在成长。这更像是写给自己的一段话了。

今天晚上抱小小出去看星星，在对外售水机的小台子上踩空摔倒后，小小一条腿就蜷缩着不要走路，后来虽然能走了，但是有时也有吃不住劲的感觉，婆婆说问题不大，可能是扭伤了，养一养就好了。我只觉得自己当时就腿软了，也算是崩溃边缘，恐惧，各种想法，完全充斥大脑，不得不把小小放在家里交给婆婆，自己出门，让风吹吹醒醒脑子。我在，可能真的会让全家的气氛紧张。

磊岩说，在小小的事情上，我需要放松放松再放松，我有意识地在自我暗示，但是，有的时候会真的恐惧、自责。说实话，我不知道这个伤痕多久能够抚平，就像是小肚子上的那条刀口，经常地会在深夜隐隐作痛，我这个疤痕体质，难道在心智上也是一样的吗？唯一能做的，是放松，等待，就像当时住院的时候，这同样需要接受后的平静。

　　小小的到来让我完全磨平那对生命的苛求，那争强好胜的锐气，那不淡定，小小早产的事实，我试着接受，最后接受了，接受了他在 1 岁前的成长发育比同龄的小朋友要慢一些，然后就能够在每一次意外的达标后非常欣喜，但是我依旧痛心，不愿让他再受任何一点委屈，而这是我做不到的，我不能把世界规整成安全的样子给他，我也无法确定我规整的就是儿想要的，尤其是他正处于叛逆期，各种的"不要不要""没有没有"之后，在他的小自我逐渐形成的时候，我似乎越来越明白，我真的需要学着放松，学着放手，毕竟有一天要看着他离开我迈向这个世界，我怎么能让他昂首挺胸微微笑，对着这个世界说"我准备好了"，我怎么能踏踏实实地放手，随着儿的慢慢长大，妈妈要准备的似乎更多。其实，我们只需要加强我们自己对这个世界的感知，然后来感染孩子，这个世界是美好的，对未来有期待但对生活没有奢求，知道一番耕耘一番收获。不必委曲求全，也无须剑拔弩张地争高下，有体味，有成长，有沉淀，有自我确立的价值观，勇敢乐观地面对生活所给予的一切，不论痛苦忧伤或是机会享乐。这是我对自己的要求，也是对小小的期许。

　　小小妈啊，放下各种的担忧、恐惧、自怨自艾，该盘算盘算三个人的日子了。有的时候，告别恐惧的唯一方法，是创造。

后序一

仿佛是"发小"间的一种默契，斯羽住院生娃时我正在同一家医院打点滴。她给我打电话时将一天前的手术一笔带过。倒是身心狼狈的我，听着她恬静依然的声音，想到我们仅一楼之隔，顿觉心里有了力量。

对斯羽从怀孕到生的波折略有所知，但直到很久以后，看到她厚厚的住院记录，读到她的书，我才意识到当时是何等险象环生。在我看来那每一道坎儿都足以要人命，而她在那样危重又无助的境地中仍能清醒地思考，不断为自己和孩子做出负责任的选择。更为难得的是，她能把亲历的每一道鬼门关，以及自己的身体和心理历程诚实而细腻地记录并分享出来。没有"痛说革命家史"，没有"心灵鸡汤"，却让我读一章哭一章——那并非所谓的"为母则刚"，而是"就算一切都不好我也要好好活着"的"英雄本色"。无需为人母，但凡经历过焦灼、恐惧、无助，乃至无望的人都会有所共鸣。

　　无比骄傲，当年一起去稻田看星星、一起在夏天雨后金色的夕阳中"遛弯儿"的小姑娘，如今成了内心强大、带娃有方的漂亮妈妈，还出了人生第一本书！更为欣慰，她的小暖男日益聪明茁壮，而小姑娘自我丝毫未失。看着小暖男围着妈妈欢蹦乱跳，总会想到那句有名的话：妈妈决定了一个家的幸福安康。妈妈的健康、智慧、知识和眼界对孩子的成长有莫大的影响。愿与读到这本书的人一起分享这份骄傲与欣慰。

　　　　　　　　赵桐（从小看着斯羽及斯羽家两只猫长大的"发小"）
　　　　　　　　　　　　　　　　　　　　2018 年 7 月 16 日，北京

后序二

斯羽很早就交代了我这个事儿,我深感荣幸同时也是压力山大。作为斯羽的高中同学、前同事,以及也是一位母亲的身份,我在读这个跌宕起伏的故事时觉得离自己很远,很难相信这是发生在自己朋友身上的事情;但每次读到她一言一行和心里活动时又感到很熟悉,没错,这就是斯羽。我希望从她人生中最惊心动魄的一章中除了感受到她的坚强和细腻之外,还能了解她其他方面。

每次提笔,各种回忆和思绪纷涌而来,很多片段逐渐串起来,今天的斯羽、我的前同事斯羽、几年前在医院里面经历生死考验的小小妈妈和几乎二十年前我就认识的高中时期的斯羽重叠了起来,似乎几年前她在最艰难的几个月作出的抉择都可以在过去找到答案。

斯羽在高中时候走"小清新"的路线,虽然不能说高冷,但绝对淑女范儿，有点小迷糊透着可爱，说话轻柔，性格很好，父母也是走文艺路线的。我还记得有阵子流行痞子蔡的网络文学，同学说起来觉得斯羽才是适合"轻舞飞扬"这种网名的。后来才知道，那个时候斯羽的安静一半也是在学霸云集的班里压抑氛围的一种无声应对吧。而我一直属于咋咋呼呼型，掺和一堆事儿，走纯爷们路线的。回想起来，大家公认未来斯羽的人设应该是有份稳当的工作，穿着森女系的衣服，闲暇时候翻本法语书，踏踏实实干干净净的北京女孩儿。

　　我高中毕业就去了美国读书，中间我们也陆续有联系。记得大学的某个夏天和读研究生前某个夏天，那个时候聊的都是恋爱的小烦恼，刚工作对未来事业的期望等。她从事财务工作，说起男友、老公的那种星星眼和小甜蜜，说起对法国的一些期待，都保持在人设里。直到工作把我们再次牵线在一起的时候，我才感觉到人设只是一面。当我觉得她是需要保护的公主，她一头扎入一个难题的精神让你震撼。当看她连放声大笑的时候都好像比其他人更淑女，时光似乎回到当初用大大校服捂着嘴笑的高中生，可转身她又抄起电话跟人 PK 寸步不让。原来她只是表面上柔弱，其实骨子里无论对任何人还是对事儿都有着自己的倔强，且愿意为此勇敢地承担或放弃。她不接受我们看似圆滑的处理问题的方式，甚至很多时候让你觉得天真，但正是这样执着天真让她一次次在艰难的抉择中有一种内心支撑的信仰：相信即使自身难保也可以保护小小。而我这样表面上大大咧咧的人未必有她一半的勇气和坚持。

在周围同龄人成群提醒自己不要油腻的时候，她的纯粹真是活成我们的小清新。

啰嗦了那么半天，我想让读者知道的就是你们看到的是一个坚强而温柔的母亲，她和每个 80 后一样每天面临各种生活中琐事，有自己的纠结。而她对我来说，就是 20 年都没有变的那个人，有点文艺、泪点有点低、内心干净坦荡、热爱家人，最主要敢于坚持和践行自己的信仰。

费旻雯（斯羽的朋友）

后序三

认识斯羽是在一个商务场合，那次我们互相加了微信。之后有段时间真正见面的机会不多，看着她的朋友圈，知道她有个可爱的儿子，也知道她是个极端的好妈妈。

后来因为工作的关系，有了更多的机会接触。斯羽给我的印象一如当初，美丽温和。接触多了，才知道她和儿子小小的故事，也知道她为小小写的日记。

斯羽说她的小小日记要出书了，很替她高兴，因为知道这一直是她的一个梦。拿来了书稿，坐下来仔细读起来，才知道温和的她和如今调皮的儿子原来当初经历了这么多磨难。作为一个男孩的妈妈，我很能理解初为母亲的斯羽经历这一切时的心情，其中几章看得我泪眼婆娑，当妈妈的那份心情感同身受。

幸运的小小不仅有个好妈妈，还有好爸爸和那么多爱他的家人，我相信作为妈妈的斯羽和她的小小，一定会在这么多爱的呵护下一起创造更美好的未来,就像斯羽在书的最后说的:有的时候,告别恐惧的唯一方法是创造!

最后祝斯羽的《守护奇迹:小小诞生记》顺利出版,期待拿到书的那一刻!

Carol 黄 (*斯羽的朋友*)

后序四

又读了一遍斯羽的书稿。

读起来无比揪心,手脚都不由自主地蜷起来。

又舍不得放下,因为念着这些文字,就好像斯羽在旁边,好像回到小时候,生活简单到只有上学和放假两件大事,三个小朋友的书信往来像金子一样点缀在日子里,闪闪发光。一看就是斯羽的文字,语气、思路都是。当妈妈的斯羽,结婚的斯羽,大学时的斯羽,中学小学的斯羽,住对门的斯羽。仿佛看到当年斯羽的笔迹,甚至在想,哪个字斯羽可能写成错别字。

书中的细节我当时并不知道。初见小家伙时他已经半岁,踏实满足地睡着,像是一个先天俱足的宝宝。斯羽也没变样,还是那么好看,书里写的那些换做是我一定"创伤"了的体验,已经不见痕迹。

顿时备受启发。原来人的复原力这么强,原来活过来之后还可以完好无损。

记得斯羽并没有多聊生孩子不易,好像都过去了。还好都会过去。对生活抱有善良信念的人,往往容易有韧劲。斯羽一向有这种特质。

张桐(斯羽发小)

2018 年 7 月 31 日,日内瓦

后序五

斯羽是在我创业初期给予过很多帮助的朋友。一开始对她的印象是她在私募圈里深厚的财务管理背景,高高瘦瘦的八零后北京女孩在我们第一次见面后邀请我读她写的小说《守护奇迹:小小诞生记》。还记得那天下午我坐在北京开往上海的高铁上,看着手机微信里的故事持久放不下来。从一开始获知小生命即将到来的喜悦到被诊断出胎盘前置、出血、卧床的种种经历,斯羽的文笔朴实却富有力量,仿佛我们正和她一起经历所发生的种种考验。

《守护奇迹:小小诞生记》让我们体会到在生命前我们虽然有时无助,但是那份母亲为了保护孩子出生排除万难的坚持和勇敢是多么强大的。生命可贵,最后祝贺斯羽《守护奇迹:小小诞生记》出版,也希望小小平安健康的长大!

Jessie(斯羽的朋友)

图书在版编目（CIP）数据

守护奇迹：小小诞生记/孟斯著 . —北京：中国书籍出版社，2018.12
ISBN 978-7-5068-7212-6

Ⅰ.①守… Ⅱ.①孟… Ⅲ.①纪实文学-中国-当代 Ⅳ.①I25

中国版本图书馆 CIP 数据核字（2019）第 000239 号

守护奇迹：小小诞生记
孟 斯 著

责任编辑	许艳辉 庞 元
责任印制	孙马飞 马 芝
图书插画	齐 磊
封面设计	楠竹文化
出版发行	中国书籍出版社
地　　址	北京市丰台区三路居路 97 号（邮编：100073）
电　　话	（010）52257143（总编室）　（010）52257140（发行部）
电子邮箱	eo@chinabp.com.cn
经　　销	全国新华书店
印　　刷	三河市顺兴印务有限公司
开　　本	880 毫米×1092 毫米　1/32
印　　张	8
字　　数	146 千字
版　　次	2018 年 12 月第 1 版　2018 年 12 月第 1 次印刷
书　　号	ISBN 978-7-5068-7212-6
定　　价	39.00 元

版权所有　翻印必究